가
까
이

가까이

효리와 순심이가 시작하는 이야기

이효리 지음

북하우스

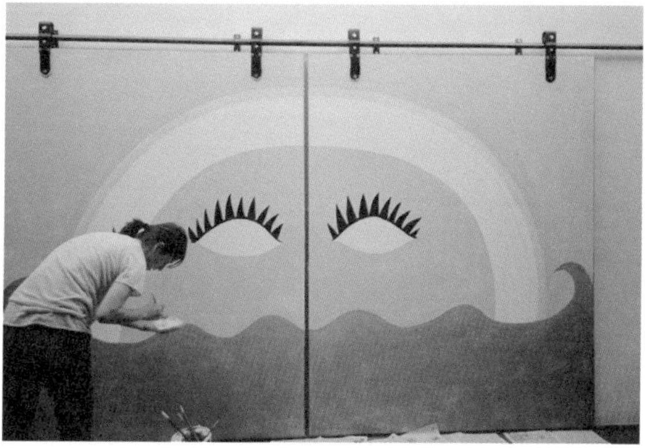
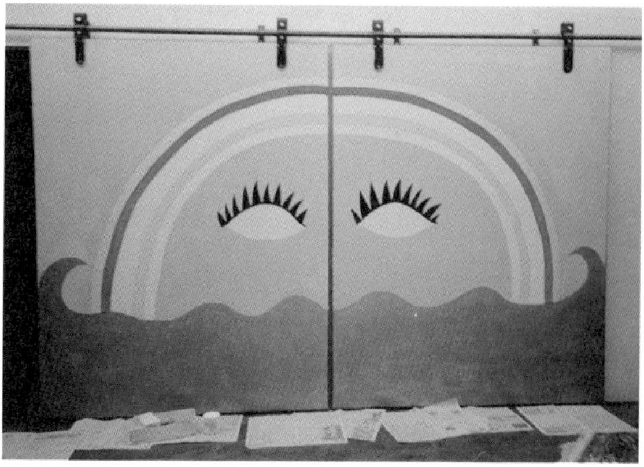

시작하는 이야기

순심이를 만난 지 일 년이 훌쩍 넘었다. 안성 유기견 보호소 우리 안에 혼자 있는 순심이를 처음 보았을 때 깡마른 몸에 눈이 보이지 않을 정도로 덥수룩한 털, 그 사이로 왠지 모르게 우울해 보이던 눈빛. 다른 강아지들처럼 한번 봐달라고 짖거나 애교를 부리지 않아 더 애처로웠던 표정을 잊을 수가 없었다. 공간이 넉넉하지 않아서 대부분 두세 마리씩 한 우리를 쓰는데 유독 순심이는 혼자 있는 게 이상해서 보호소 소장님께 물었다.

"저 강아지는 왜 따로 있어요?"

"이상하게 다른 개들이 자꾸 순심이를 공격해서요."

그 이야기를 들어서였을까? 집에 돌아와서도 내내 순심이 생각이 떠나지 않았다. 며칠 후 어느 잡지사에서 유기견과 함께하는 화보 촬영을 제안해왔고 나는 순심이를 추천했다. 한 번이라도 더 봤으면 싶었고, 촬영한 개들은 입양의 기회가 주어진다 하길래 좋은 주인을 만났으면 했다. 그러나 촬영 전 건강검진을 해보니 순심이는 자궁축농증을 앓고 있고 한쪽 눈은 실명했다는 결과가 나왔다. 바로 입원을 해야 했고 결국 촬영은 불발됐다. 자궁에서 고름이 나온다는 자궁축농증. 나는 그런 병이 있다는 걸 태어나서 처음 알았다. 알고 보니 중성화를 시켜주지 않은 암캐들이 걸릴 가능성이 아주 높다고 했다. 얼마나 아팠을까, 한쪽 눈만으로 얼마나 답답했을까, 지금 생각해도 마음이 아프다.

내가 순심이를 데리고 와야 할까? 나는 망설였다. 나는 이미 네 마리의 고양이를 키우고 있고, 또 개를 온전히 키우지 못했던 적이 있는데. 빠삐용을 잃어버렸던 것처럼 내 생활에 쫓겨 순심이도 잃게 되지 않을까? 내가 잘 할 수 있을까? 고민에 고민을 거듭했다. 하지만 순심이가 수술을 하던 날, 녀석을 데리고 와야겠다고 결심했다. 마취에서 깨어나 비몽사몽 하면서 어쩔 줄 몰라 하며 떨고 있는 순심이를 다른 개들이 으르렁거리는 보호소로 돌려보낼 수는 없었다. 머리로 따지면 이상적인 상황이 아니었으나 마음이 그랬다. 그러니 어쩔 수 없었고,

그 이후의 일들은 그저 감수하는 수밖에 없었다.

그렇게 우리는, 가족이 되었다.

그리고 나는 지금 새로운 길로 달려가고 있다. 누군가는 그렇게 말할지도 모른다. 사람도 먹고 살기 힘든 세상에 그까짓 개가, 고양이가, 동물들이 뭐 그렇게 중요하냐고. 불쌍한 사람들이 부지기수인데. 하지만 사람보다도 더 약한 존재가 동물들이다. 스스로 보호할 수도, 받을 수도 없는 최약자. 그래서 대변해줄, 보호해줄 사람들이 필요하다. 거기에 내 마음이 움직였고 그래서 들어선 길이다.

거기에서부터다. 마음이 움직이면 몸을 일으키게 되고, 두 발로 뛰게 되고, 더 멀리 보게 된다. 그렇게 나의 세상이 조금씩 넓어지고 있다. 내가 그랬듯이 누군가도 그렇지 않을까. 내가 우연히 잠에서 깨어났듯이 내 작은 이야기에 누군가의 마음도 깨어나지 않을까. 그런 작은 기대와 바람을 가지고 시작해본다.

사랑의 시작은 눈맞춤이라고 했던가.

우린 서로의 눈을 마주보았고

그것으로 서로에게 커다란 위로를 주었다.

고맙다 순심아.

내 곁으로 와줘서.

나와 함께 해줘서.

contents

PART 2

나를 사랑해줘요 I love me

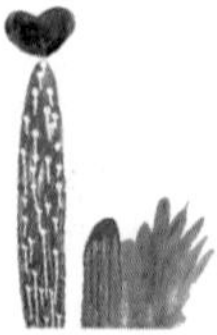

PART 3

함께 살아요 We are the world

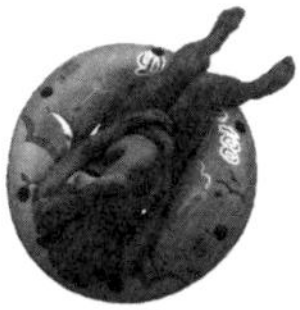

PART 4

풀 만찬 I'm full

PART 5

잊지 말아요 Do you hear me

만남은 기억나지 않지만 헤어짐은 또렷한 관계가 있다.
만남은 또렷하지만 헤어짐을 헤아릴 수 없는 관계도 있다.

PART 1

내 인생의 동물들

Merry, go round

© Hong Jang Hyun

메리,
고 라운드

•

중앙시장에 있던 아빠의 작은 이발소에 무작정 찾아 들어온 똥개 한 마리. 처음부터 그러기로 한 것처럼 불쑥 우리 집에 나타난 녀석을 아빠는 그냥 보낼 수가 없어 빵을 조금 주었다고 한다. 그게 메리다. 아빠의 빵을 먹고 메리는 우리 가족이 됐다.

내가 두 살이 되던 해, 엄마 아빠는 시골살이를 접고 사 남매를 데리고 단돈 오백 원으로 서울 생활을 시작했다. 미용 기술을 배우고, 친지들의 도움으로 시장통에 방이 하나 딸린 작은 이발소를 얻었다고 했다. 단칸방에서 사 남매를 키우며 엄마 아빠는 악착같이 일했다. 절약하고 절약하며 서울 생활을 버텨 단독 주택을 사고, 그 집을 2층으로 올리고, 다시 그 집을 팔아 건물을 샀다. 그 시절 나는 어렸고 지금에 와서야 기억을 더듬어보면서 두 분의 수고와 세월을 짐작이나 해볼 뿐이다. 그런다고 해도 온전히 가 닿지는 못하겠지만.

아스라한 기억을 따라가다 보면 메리가 있다. 메리는 우리 집에서 먹고 잤지만 늘 여기저기 쏘다니길 좋아했다. 문을 열어 두면 동네를 돌고, 시장을 돌고, 가끔은 집 앞 산에도 올라가던 메리. 그래도 그렇게 싸돌아다녀도 집에는 꼬박꼬박 들어왔다. 구속받는 걸 싫어했어도 제 주인도 몰라보는 망나니는 아니었던 게지. 그러니 가족들 모두 메리가 안 보여도 크게 걱정하지 않았다.

때 되면 오겠지.

메리, 고 라운드.

회전목마처럼 동네를 돌고 또 돌던 메리.

꿈에서라도 만나면 꼬리 흔들며 다가와

이제 집에 갈 시간이라고

옷 소매를 잡아당기려나?

메리는
내 친구

•

내 기억의 시작은 여섯 살 무렵. 언니의 증언에 의하면 메리가 우리 집에 온 게 내가 세 살쯤이었다니까 내가 기억하는 나보다 훨씬 이전에 메리는 이미 우리 식구였던 것이다.

먹고 살기 힘들었던 때였고 사 남매 중 막내인 나는 혼자 보내는 시간이 많았다. 부모님도, 언니 오빠도 모두 바빴고 또래 친구들은 모두 유치원에 가고. 나는? 집을 지켰다. 교육은 의무 교육부터. 그게 아빠의 방침이었으므로 내게 유치원은 있을 수 없는 이야기였다. 덩그러니 집에 혼자 남아 있는 낮 시간, 내 유일한 친구이자 가족은 메리였다. 한 덩치 했던 메리가 어린 내게는 가끔은 든든한 보호자 같았다. 우리는 마당 가운데 목련과 라일락 나무 사이에 누워 햇볕을 쬐곤 했다. 가을이 되면 감나무를 흔들어보기도 하고 아무런 이유 없이 마당을 뱅글뱅글 돌기도 하고.

또 하나의 특별한 기억이 있는데 바로 메리를 목욕시키던 일이다. 메리의 목욕은 거의 일 년에 한 번 있는 연중행사였다. 목욕을 잘 시키지 않았던 메리는 냄새가 났고, 나는 개의치 않았지만 아빠는 내가 메리 만지는 걸 매우 싫어했다. 집 안에서 키우는 개도 아니니 자주 씻겨 줄 필요를 느끼지 못했고 무엇보다 쉬운 일이 아니었다. 목욕에 익숙하지 않은 메리는 아빠가 호스를 들이대면 온몸으로 저항했고 그러면 언니들과 오빠가 합심해서 메리를 잡았다. 그 사이 아빠는 재빠르고도 거칠게 메리를 씻겼다. 어린 나야 구경꾼 역할이 다였지만 힘들어 하는 메리를 보는 건 참 고역이었다. 그나마 그날만은 아빠 잔소리 없이 메리를 쓰다듬어 줄 수 있어서 좋았지.

한 번도 우리가 먹다 남긴 밥 말고 따로 세끼 제대로 챙겨준 적 없고, 일 년에 한 번 씻겨주는 참 불친절한 가족이었어도 언제나 때 되면 집으로 돌아와 내 옆에 있어주었던 내 친구 메리. 지금이라면 매일 세끼 밥에 간식도 덤으로, 예쁘게 자주 목욕도 시켜주고 순심이랑 같이 산책도 다니련만.

어미의 절규

•

인기도 많은 메리. 어쩜 해마다 새끼를 배는지. 그럴 때마다 언니들은 옥상에 누워 메리가 온 동네 수캐들을 홀리고 다닌다며 놀려댔다. 하지만 사실 메리는 단 한 번도 제 새끼를 기르지 못했다. 우리 가족이 새끼들까지 돌볼 여력이 되지 않았던 것이다. 사 남매가 시도를 안 해 본 건 아니었는데 엄마 아빠는 완강하게 반대했다. 대신 메리가 새끼를 낳으면 각자 자기 몫의 새끼 강아지를 찜 해두고 젖을 뗄 때까지 보살폈고, 시장에 데리고 가 팔았다.

나는 새끼를 뺏긴 메리의 심정을 헤아리기에는 너무 어렸다. 그저 친구들이 지나다니는 시장통에 나가 앉아 강아지를 파는 게 정말 창피했을 뿐. 그러나 우리 남매 중에 호랑이 같은 아빠의 명령을 거역할 사람은 아무도 없었다. 메리가 새끼를 배고, 낳고, 우리가 팔고. 그건 메리의 목욕처럼 연중행사 같은 거였다.

그래도 메리가 새끼를 낳으면 무심했던 엄마도 이발소 앞 닭집에서 버리는 닭 머리를 모아다 고아서 먹였다. 메리가 닭 머리 수프(?)를 먹고 기운을 차릴 때쯤에는 새끼들은 모두 남의 식구가 된 후였고 메리는 구슬프게 울었다. 우우우우, 우우우우…… 어미의 절규였다.

그런데 거 참. 성격이 좋은 건지, 뒤끝이 없는 건지. 그렇게 종일 울음을 쏟아내고 며칠이 지나면 언제 그랬냐는 듯 밖으로 나갔고, 어디선가 만난 이름 모를 수캐의 새끼를 배고 돌아왔으니.

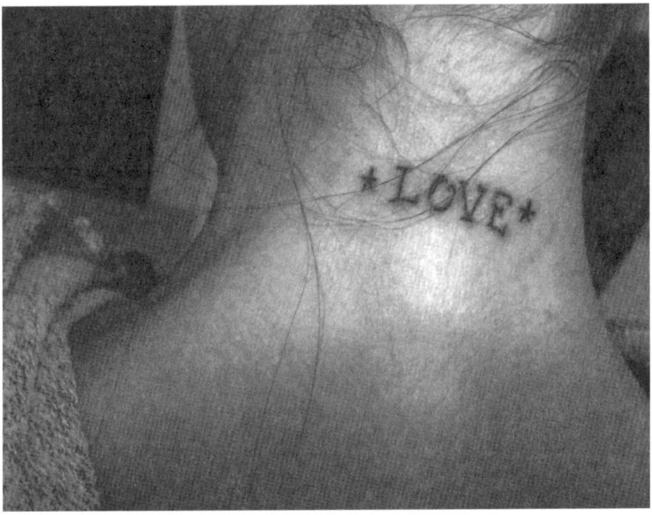
LOVE

오빠를
구하다

•

그날 오빠는 학교에서 돌아오는 길에 불량배들을 만났다고 했다. 돈을 달라고 했다는데 오빠에게 돈이 있을 리 없었다. 하나뿐인 아들이라도 절약가인 아빠에게 예외는 없었으니 용돈이 넉넉하지 않았던 거다. 그들은 가뜩이나 오빠의 빈 주머니에 열이 받는데, 오빠가 반항까지 해서 단단히 약이 올랐던 모양이다. 오빠를 산으로 끌고 갔다고 했다. 오빠도 없으면 없는 대로 조용히 있으면 좋았으련만.

불량배들은 산중턱, 방공호 같은 구덩이에 오빠를 밀어넣고 유유히 사라졌다고 했다. 오빠는 지나는 사람 하나 없는 길, 구덩이 안에서 얼마나 공포스러웠을까? 집은 집대로 난리였다. 오빠가 학교에서 돌아올 시간이 한참 지나도 오지 않아 친구 집에 갔겠거니 했으나 이틀이 넘어가자 무슨 일이 생겼구나 했고, 평소 행동으로 봐 이유 없이 집을 나갈 오빠가 아니었으므로 행방불명 신고 직전까지 이르렀다.

그런데 오빠가 돌아오지 않은 지 삼 일째 되던 날, 경찰에 신고하려고 했던 그때, 흙투성이가 된 오빠가 메리와 함께 문을 열고 들어섰다. 우리는 놀라고 반가워 난리가 났고, 오빠 곁에 서 있던 메리는 식구들을 물끄러미 바라보다 돌아 나갔다. 마치 할 일을 했으니 제 볼일 보러 나간다는 듯이.

살아 돌아온 오빠 말에 의하면 구덩이 안에서 살려달라고 고함을 치고, 나가려고 안간힘을 써도 소용이 없어 망연자실했단다. 주저앉아 이제 어쩌나 싶은데, 개 짖는 소리가 들려 일어나 고개를 들어보니 메리가 구덩이 위에서 짖으며 오빠를 바라보고 있었다고. 오빠를 확인하고는 구덩이 주위를 돌면서 짖고, 동네로 내려가 산을 향해 짖고 다시 구덩이를 찾아와 짖고, 동네에 가서 짖고, 이 짓을 반복했단다. 개가 하도 짖어대니 이상하게 여긴 동네 사람들이 메리를 따라 산에 올라왔고, 그렇게 오빠는 구출됐다.

어디 신문에 실릴 법한 이야기 아닌가? 똑똑한 메리. 그러나 그후 우리 가족이 메리에게 좀 더 살가웠던가? 아니면 별다르지 않은 일상으로 돌아왔던가? 기억은 잘 나지 않지만 분명한 건 그 사건으로 메리와 우리 가족간에 큰 변화가 일어나진 않았다는 것이다. 메리는 메리대로 쿨 하게. 우리는 우리대로 무심한 듯 아닌 듯.

메리의

실수

•

똑똑했던 메리도 십 년 넘게 살면서 실수를 하기 시작했다. 결정적인 사건은 우리가 이사를 했던 즈음 일어났다. 부모님은 이발소에 딸린 단칸방에서 절약해 살림을 늘려 산 집을 다시 팔고 작은 건물을 사서 투자했다. 덕분에 우리가 사는 형편은 더 나아지진 않았다. 살던 집이 전 재산이었으니 당연한 일일 수밖에.

우리 가족은 길가의 작은 집에 새 둥지를 틀었다. 마당도 현관도 없는, 현관문을 열고 신발을 벗고 집에 들어가면 누군가가 신발을 집어 가도 모를, 설명하기 어려운 구조의 그런 집이었다. 우리 남매는 그 집을 길갓집이라고 불렀다. 메리도 식구니 당연히 같이 갔고 문밖 한 편에 메리 집을 놔두고 함께 지냈다. 문제의 그 일이 있기 전까지 아주 짧은 시간.

동네 꼬마가 메리를 쥐포로 유혹했던 것이 발단이었다. 어디 나가 유혹을 해본 적은 있어도 당해본 적 없는 메리는 꼴랑 쥐포에 속수무책으로 넘어갔고, 쥐포를 먹으려다가 그만 실수로 아이를 물었다. 아이 엄마는 말도 안 되는 금액의 보상금을 요구했고 아빠는 당연히, 거절했다. 엄마는 분을 삭이지 못하고 고소를 하네 마네 일이 커졌는데 결론적으로 일은 잘 해결이 됐지만 우리 사 남매는 더 최악의 결과를 맞닥뜨려야 했다.

부모님이 더 이상 메리를 키우지 않겠노라 단언하신 것이다.

안녕,

메리야

•

"마당이 없어서 안 돼."

메리를 받아들일 수 없는 이유. 반론을 펼치고 싶다 한들 아빠의 말이 곧 법인 집에서 우리 사 남매에게 발언권이 있을 리 없었다. 우리는 소심한 반대 한 번 제대로 못 해보고 메리를 고모 집으로 보내야 했다.

메리가 떠나는 날은 정해졌고 보내는 임무는 오빠가 맡았다. 그날 학교에서 돌아와 오빠에게 메리는 잘 갔느냐 물었더니 오빠는 고개만 끄덕일 뿐 아무 말도 하지 않았다. 뭔가 이상하다 싶더니만 한참을 그렇게 있던 오빠가 울먹이며 말했다.

"고모 집으로 간 게 아니야."

"!"

"보신탕집 트럭에 태웠어. 고모가 태우려니까 막 짖고 반항해서 내가 태웠어. 내가 안으니까 얌전히 타더라고……."

오빠는 끝내 말을 잇지 못했고 듣고 있던 언니들과 나는 펑펑 울었다.

그땐, 그땐 그랬다. 개는 개고 사람은 사람. 집 잘 지키고 살 만큼 살았으면 어차피 죽을 목숨, 사람들에게 뜨끈한 보양식이 돼도 무방하다고 생각하던 시절. 하지만 그때의 나는 이해할 수 없었다. 메리가 어떤 개인데. 내 친구고 언니고, 보호자고 우리 가족인데. 어떻게 메리를, 메리를! 엄마 아빠가 한없이 원망스러우면서도 아빠가 들으면 역정낼까 싶어 크게 울지도 못하고 속으로 눈물을 삼켰다.

결코 잊지 못할 줄 알았지만 시간은 흘렀고 나는 메리를 기억 저편에 묻었다. 그런데 요즘 부쩍 메리가 그립다. 동물보호 활동을 시작하면서 메리가 더 많이 보고 싶다. 잠을 자려고 순심이랑 같이 누워 있으면 메리 생각이 참 많이 난다. 우리 메리, 해준 게 정말 없구나. 내가 받기만 받았지. 그때 그 차에 타면서 얼마나 무섭고 서글펐을까. 머리를 쓰다듬어주면 귀를 뒤로 젖히고 눈을 지그시 감던 메리의 얼굴이 떠오른다. 더 많이 쓰다듬어줄 걸…….

메리야, 미안해.
그렇게 보내서 정말 미안해.

이름 없는
인연들

•

시간이 흐르고, 또 잊는다고 해도 맨 처음, 만나기 이전과 같을 수는 없다. 어느 순간 느껴지는 허전함이 그 증거다. 메리가 떠난 후도 그랬던 모양이다. 어딘지 모르게 허전했는지 나는 가끔 길에서 새끼고양이를 주워오곤 했다. 부모님은 갑자기 들어온 객식구를 그저 바라볼 뿐, 별 말씀이 없었다. 아니, 어쩌면 나를 조금은 안쓰럽게 여겼던 것인지도 모르겠다. 그런데 그렇게 주워온 새끼고양이들은 이름을 지어주기도 전에 주인을 찾게 되거나 조금 자라면 집을 나가버리거나, 혹은 그 전에 죽어버렸다. 그러고 보니 그에 관한 웃지 못할 에피소드가 하나 있다.

내가 중학생이던 어느 겨울, 먹지 못해 삐쩍 마른 몸이 너무 추워 보여서 집으로 데려온 노란 새끼고양이 한 마리가 있었다. 안된 마음에 일단 따뜻해지라고 이불 속에 넣어 두었다. 문제는, 거기에 고양이가 있을 거라고는 생각조차 못했던 언니가 방에 들어왔고, 내가 그 사실을 알리려 입을 열기도 전에 언니가 이미 이불 위에 올라섰다는 거다. 차마 표현하지 못할, 작은 생명이 순식간에 사라지던 그 소리. 그 순간을 떠올리면 그 소리가 아직도 생생하게 귓가에 들린다. 어처구니 없고 기막힌, 충격적인 일.

그후 나는 다짐했다.

다시는, 이름 없는 인연을 만들지 않겠다고.

텔레비전에 나와 무대 위에서 노래를 하고

연예인이 되고 스타가 되는 일.

대중들의 시선 속에서 살아가게 되는 삶.

혹여 어느 한순간, 나도 모르는 사이에

잠깐 꿈을 꿔본 적은 있을지 모르나

그게 내 현실이 될 줄은 몰랐다.

Plate
Café

말썽꾸러기
빠삐용

•

시간은 흐르고 마당에서 메리와 별을 쬐던 어린 시절은 지나가버렸다. 이발소 집 막내 딸은 스무 살이 되던 해, 가수가 되었고 연예인이 되었다. 엄청난 스포트라이트와 인기. 그리고 그에 상응하는 엄청난 스케줄. 방송을 하고, 연습을 하고, 인터뷰를 하고, 화보를 찍고. 숨쉴 틈 없는 스케줄 속에서 진이와 유리, 주현이와 나는 종종 애완 동물에 관한 얘기를 하곤 했다. 아마도 다들 벅찬 생활 속에서 잠깐이라도 마음 둘 곳이 필요했었는지도 모른다. 진이가 오래 전부터 키웠다는 요크셔 테리어와 새 식구가 된 강아지, 내가 유리 생일 선물로 사준 시츄 잉잉이. 엄마들이 모이면 자식 얘기 하듯 했던 것 같다. 나는 그때 메리 이야기를 했던가? 잘 기억이 나지 않는다.

메리 이후 제대로 동물을 키우지 않았던 나는 문득 개가 정말 키우고 싶어졌다. 매니저와 함께 애견 숍이 늘어선 충무로를 찾았고 닥스훈트 한 마리를 데리고 왔다. 생김새도 예쁘고 순하고 말도 잘 들을 것 같았다. 키우면서 보니 다 내숭이었지만. 이름은, 빠삐용이라 붙여줬다.

돌아보면 유리의 잉잉이나 빠삐용을 데리고 올 때 모두 애견 숍을 찾았다. 한창 그런 숍이 늘어나던 때였고 주목받기 시작할 즈음이었던 것 같다. 사실 메리 같은 동네 누렁이에 익숙하던 내게 그곳은 별천지 같았지. 다양한 종의 귀엽고 깜찍한 강아지들이 어디서 어떻게 오게 됐는지 몰랐고, 솔직히 그땐 크게 관심도 없었다. 이 얘긴 나중에

하겠지만 지금 알고 있는 걸 그때도 알았더라면 아마도 빠삐용과 만나지 못했을 것이다.

어쨌든, 빠삐용이 우리 가족이 되긴 했는데 내가 미처 생각하지 못한 게 있었다. 형제들은 시집 장가 갔고, 정작 빠삐용과 가장 많은 시간을 보내야 할 엄마 아빠는 정작 개를 좋아하지 않는다는 것, 내가 집에 있는 시간은 고작해야 잠자는 두세 시간뿐이라는 것, 그리고 빠삐용이 닥스훈트라는 것(사실 닥스훈트는 사냥개 출신이라 성격이 활발하다 못해 괄괄하다). 그러니까 그때 나는 개를 키울 만한 상황이 절대 아니었던 것이다. 결국 내 욕심만으로 일을 저지른 꼴이었다.

아니나 다를까 빠삐용은 집에 오자마자 본색을 드러냈다. 닥치는 대로 뭐든 먹어치웠다. 사료는 기본, 눈에 보이는 건 모두 입 속으로 직행. 한번은 일을 마치고 집에 갔더니 이 녀석이 입에 거품을 물고 누워 있는 게 아닌가! 기겁을 해서 보니 쿠션을 뜯어 먹어서 쿠션 속 스티로폼 알갱이들이 입 안 가득 들어 있던 것이다. 내가 제일 아끼는 선글라스를 물어뜯어 놓아 똑같은 걸 다시 샀더니만 그것마저 망가뜨리는 만행을 저지르기도. 엄마가 마루에 내놓은 늙은 호박을 다 파먹어 터널처럼 뚫어놓았던 건 귀여운 에피소드. 심지어 주인인 내가, 그래도 내 새끼라고 먹을 걸 건네주었더니 흥분해서 내 손도 같이 먹어버릴 뻔했을 때의 배신감이란 정말.

기막힌 건 소화력은 정말이지 타의 추종을 불허해서, 그렇게 아무거나 먹어대도 멀쩡하다는 거였다. 한 번도 아픈 걸로 속 썩인 적이 없었다. 어쨌거나 그런 말썽들이 계속됐고 엄마 아빠는 빠삐용을 미운 자식 대하듯 했다. 내 식구이긴 해도 미운 짓만 하니 예쁠 수가 없고, 그렇다고 헤어질 수는 없는 애물단지, 그게 빠삐용이었다. 정작 녀석을 데리고 온 나는 나대로 너무 바빠 잘 돌봐주지 못하고.

생각해보면 교육도 시키고 산책도 데리고 나갔어야 했는데 그땐 몰랐다. 종자 없는 똥개, 누렁이 메리는 알아서 제 구실을 하던데 얘는 왜 이러나 싶은 생각만 들고, 말 안 듣는다고 혼내기만 했지 산책 한 번 시켜준 적이 없다. 닥스훈트는 아무래도 사냥개라 바깥 공기도 쐬고 산책도 하면서 마음껏 뛰어 놀면서 에너지를 발산해야 하는데, 매일 집에만 가둬놨으니 그 욕구불만이 식욕으로 표출된 게 아니었을까, 지금에 와서야 짐작해본다.

잘 지내고 있는 거지?

•

빠삐용이 천하에 없는 먹보에 말썽쟁이긴 했어도, 피부가 썩 좋지 않고 냄새도 좀 났어도 밤이면 빠삐용을 꼭 안고 함께 잠들곤 했다. 안고 있으면 그 따뜻한 느낌이 좋았다. 하지만, 화장실 휴지며 위생용품까지 먹어버리는 걸 보며 아무래도 먹을 게 나보다 우선이지 싶고, 나는 점점 녀석에 대한 애정이 식어갔다.

결국 육 년 전 처음 분가를 하면서 녀석을 집에 두고 나왔다. 엄마 아빠가 살갑게 돌봐주지 않을 거라는 걸 알면서도 그랬으니, 그래, 그건 일종의 방치였다. 물론 부모님이 밥은 챙겨 주시겠지만 그렇다고 같이 놀아주거나 안아주거나 하는 식의 '돌봄'은 기대하기 어려웠다. 사실, 데리고 나왔어도 나는 여전히 바쁘고 집에 있는 시간은 얼마 되지 않았으니 그랬어도 문제였을 거였다. 그리고 결국 일은 터지고야 말았다.

내가 분가를 하고 얼마 지나지 않아 녀석이 보란 듯 집을 나간 것이다. 라디오 방송을 하고 있을 때였는데 집에서 걸려온 전화. 빠삐용이 없어졌다고. 방송을 마치자마자 집으로 달려갔고 엄마 얼굴을 보자마자 소리를 빽 질렀다.

"엄마가 일부러 갖다 버렸지!"

"얘는, 잠깐 문 열어놨더니 나가서 안 들어오는 걸 어떻게 해?"

"왜 문을 열어놨어! 그러니까 나갈 줄 알면서 열어둔 거잖아! 나가라고 열어놓은 거잖아!"

엄마 말이 귀에 들릴 리가 없었다. 나는 그게 사실이든 아니든 울며불며 엄마에게 퍼부었다. 그러나 곧 죄책감이 폭풍처럼 밀려왔다. 다 나 때문이다. 내가 데려가지 않아서, 핑계만 대고 내버려둬서.

그날 밤 집 근처 뒷산을 헤매며 빠삐용을 찾았지만 찾을 수 없었다. 혹시 차에 치인 건 아닐까, 경찰서에 신고 들어온 건 없나 알아도 보고, 벽보를 만들어 붙이고, 팬들도 집 앞에서 전단을 나눠주며 빠삐용 찾는 걸 도와줬었다. 그러나 끝내 놈은 나타나지 않았다.

정말 애정이 있었다면, 빠삐용에 대한 책임감을 가지고 있었다면 나는 빠삐용을 데리고 왔어야 했다. 지금 후회해도 소용없다는 걸 알지만 빠삐용을 생각할 때면 한없이 미안하고 후회스럽다.

그러면서도 '좋은 사람이 데려가 잘 살고 있겠지'라고 생각하며 지냈다. 그렇게 위안 삼으며 죄책감을 씻고 싶었다. 그러나 요즘 동물보호 활동을 시작하고 많은 유기동물의 비참한 최후를 볼 때마다 다시 빠삐용을 떠올리면 마음이 힘들어지곤 한다.

순심아 1

대략 여섯 살쯤? 푸들 혹은 코커 스패니얼 계로 추정. 오랫동안 떠돌다 소방관에 의해 포획. 네 이야기야 순심아. 발견 당시 털이 너무 엉키고 더러워 어떤 종류인지 알아보기도 힘들었을 정도였대. 네가 있던 동해시 보호소에 봉사자가 도착했을 때, 담당자가 널 안락사시키기 위해서 케이지에서 꺼내고 있었다고 했어. 죽음의 기운을 눈치챘던 걸까? 그때까지 조용히 있던 네가 케이지에서 안 나오려고 버티고 소리를 질렀다고 해. 지금의 널 보면 믿을 수 없는 이야기야. 어떤 순간에도 내 곁에서 얌전히, 의젓하게 있으니까. 그래서 그 순간을 떠올리면 마음이 더 아프다. 그 모습을 본 봉사자가 책임지고 입양 보내겠다고 약속하고 널 인근 동물병원에 맡겼대. 순하고 사람을 좋아해서 이름도 '순심'이라고 붙여줬다더라. 그후에 병원의 호텔링 비용을 감당할 수 없어 알고 지내던 안성 보호소 소장님께 잠시만 맡아달라고 널 보냈고, 그 사이에 보호소에 봉사를 갔던 내가 너를 만난 거야.

만약, 봉사자가 조금만 더 늦게 보호소에 도착했더라면,
안성 보호소에 널 맡기지 않았더라면,
내가 그날 그 보호소를 찾아가지 않았더라면,
너하고 나는
지금 이렇게 함께일 수 없었겠지?

놀랍지 않니?
인연이란.

순심아 2

엄마는 가끔 빠삐용이 생각나.

너하고 내가 만난 것처럼 그 녀석도 누군가를 만났을까?

좋은 인연이 있었을까?

그러기를 진심으로 바라.

그리고 다시 생각해.

내가 빠삐용을 기억하듯 누군가는 너를 기억하지 않을까?

분명 너를 키우던 사람이 있을 텐데 말이야.

너같이 순하고 똑똑한 아이를 버리진 않았을 텐데.

어쩌다 널 잃어버리고

여전히 너를 기억하고, 그리고 있진 않을까?

어쩌면 어디에선가 너와 나를 보고 있을,

그 사람에게 전하고 싶다.

순심이는 누구보다 건강하게 잘 지내고 있어요.

다시는 그런 아픔 겪지 않게

제가 잘 돌볼게요.

약속합니다.

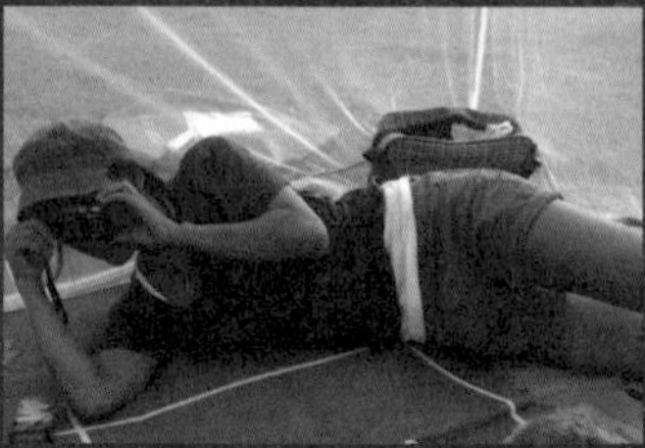

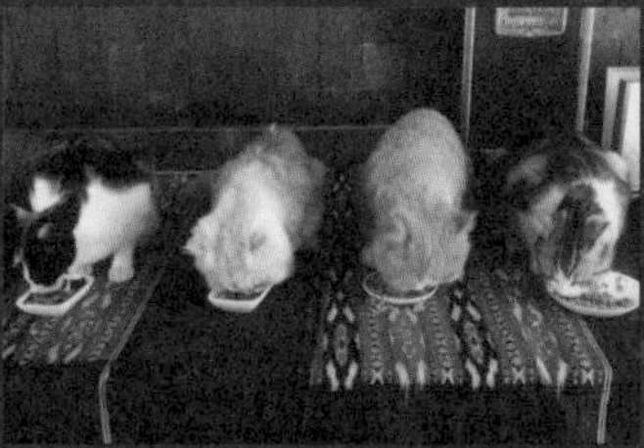

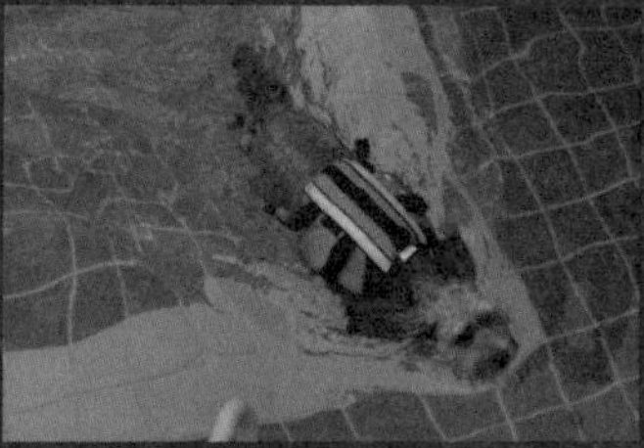

미미 그리고
코코

•

다시 동물을 키우고 싶긴 한데 빠삐용이 생각나 걱정을 하니, 주변에서 고양이를 권했다. 아무래도 개보다 사람 손 덜 타는 고양이가 좀 나을 거라고.(지금 생각으로는 그 말은 순전히 뻥이다.) 그래야겠다 마음먹은 후 우연히 어느 사이트에서 분양하는 고양이들 사진들을 보게 됐다. 그중 귀여운 새끼 고양이 한 마리에 홀딱 반했고 그 아이를 데려오기로 결정했다. 이름은 코코였는데 주인 아저씨가 그 녀석에게 미미라는 형제가 있다며 둘 다 데려가면 싸게 해주겠다는 말에 흔쾌히 두 녀석을 함께 데려 왔다.

정말 인형처럼 작고 예뻤다. 사실은 그렇게 작은 아이들은 사서도, 팔아서도 안 된다. 낯선 환경에 적응해서 살려면 엄마 젖 충분히 먹고 면역력이 생겨야 하는데, 사람들이 하도 작고 예쁜 걸 선호하니 태어난 지 얼마 안 되는 핏덩이들이 시장에 나오고 있는 것이다. 미미와 코코는 가정집에서 사정이 생겨 분양하는 거라고 했지만 아무리 생각해도 아닌 듯싶었다. 두 녀석은 오자마자 아팠고, 미미는 암컷이라고 웃돈을 얹어달라 해서 더 줬는데 알고 보니 수컷이기까지 했으니.

둘 다 우리 집에 오자마자 먹은 것도 없이 설사를 하기 시작했다. 병원에 데려갔더니 미미는 환경 변화로 스트레스를 받아서 그렇다고 했고, 코코는 선천적으로 심장에 물이 차는 병이 있다고 했다. 스트레스야 그럴 수 있다지만 코코의 얘기는 기가 막혔다. 그러나 시작이 어떻든 이미 내 새끼로 데리고 왔으니 꼭 살려야 했다. 며칠 후 미미와 달리 코코는 병원 신세를 면치 못했고 이 병원 저 병원 다녀봤지만 나아질 기미가 없었다. 꽤 많은 병원비가 들었는데 한편으로는 그나마 형편이 되는 내가 데려와서 다행이다 싶었다.

결국, 육 개월 동안 집과 병원을 오가던 코코는 하늘 나라로 떠났다. 그날은 코코가 숨을 헐떡이는 것 같아 병원에 데려가 입원을 시키고 돌아왔는데, 집에 도착하자마자 병원에서 전화가 걸려왔다. 한달음에 달려가 보니 유리관 안에서 코코가 숨을 헐떡이며 나를 보고 있었다. 금방이라도 어떻게 될 것만 같았다. 불안한 마음으로 지켜보다 집에 돌아와 미미를 안고 있는데 다시 전화벨이 울렸다. 담당 수의사 선생님이었다.

"효리 씨. 빨리 와보시는 게 좋겠어요. 아무래도 안 될 것 같아요. 이번에는 진짜 마지막인 것 같아요."

아마 선생님의 말이 채 끝나기도 전에 전화를 끊고 달려나갔던 것 같다. 병원에 도착하니 선생님이 유리관을 붙들고 코코를 달래고 있었다.

" 조금만 기다려, 코코야. 기다려, 엄마 왔다. 엄마 한 번 봐."

그 순간, 코코의 눈빛에 잠깐 힘이 도는 것 같더니 나를 보고, 그대로 숨을 거뒀다. 눈과 입을 다물지 못한 채로, 마치 박제가 된 것처럼.

"코코가, 엄마가 올 때까지 기다린 것 같아요."

의사 선생님이 입퇴원을 반복했던 코코의 사진을 모아 만든 앨범을 건네주는데 터져 나오는 눈물을 주체할 수 없었다.

코코를 화장시키고 난 후로도 사흘 밤낮을 울었다. 내가 좀 더 잘 했으면 살릴 수 있지 않았을까? 그런 부질없는 생각에 매일 밤 시달렸다. 코코는 유독 만지거나 안아주는 걸 싫어했는데 어쩌면 처음부터 떠날 걸 알고 내게 정을 주지 않으려고 했는지도 모른다. 침대에 누워서 보면 멀리서 아련하게 날 바라보기만 하던 코코.

화장을 하고 유골함을 들고 집으로 온 날, 미미가 너무 외로워 보였고, 나는 코코가 죽은 집에 도저히 있을 수가 없었다. 미미 밥을 잔뜩 챙겨 놓고 친구 집으로 향했다. 그러고도 한동안 미미까지 데리고 신세를 졌던 것 같다. 코코가 없는 그 집에 도무지 돌아갈 수가 없어서.

코코야 안녕.

그곳은 어때?

이젠 아프지는 않니?

보고 싶다, 우리 코코.

순이의 적응기

•

"효리 씨, 유기 고양이 한 마리를 보호하고 있는데 한번 키워볼래요? 미미도 외롭지 않게요."

겨우 정신을 차리고 돌아온 후에도 여전히 코코의 빈자리가 크게 느껴지던 때였다. 코코를 치료해준 의사 선생님이 병원에서 일 년 정도 보살폈던 고양이를 권했다. 이름은 순이라고 했다. 그러마 하고 병원을 찾아 갔을 때 선생님은 또 다른 유기동물이 들어올 수도 있으니 좋은 주인이 생겼을 때 보내주는 게 낫겠다 결정했다며, 꼭 잘 키워달라고 몇 번이고 부탁을 하면서 눈물을 훔쳤다. 그 사이 정이 많이 든 모양이었다. 사람이든 동물이든 마음을 준다는 건 그런 것 같다. 떠나보낼 때는 마음도 떼어 보내는 것이고, 그 빈자리가 먹먹해서 자꾸 돌아보게 되는 것. 게다가 일 년이면 사계절을 같이 보냈을 것이니 크고 작은 추억들이 얼마나 많을까. 그런 애틋한 마음을 안고 내게 온 인연이라 더 고마웠다.

하지만 순이는 집에 오자마자 침대 밑으로 들어가서 사흘 동안 나오지 않았고, 어쩌다 미미가 지나가기라도 하면 으르렁거렸다. 어느 날은 커튼 밖으로 나와 있길래 반가워 다가가니 얼른 뒤로 숨어버리고, 어느 날은 창틀에 앉아 있길래 아는 척을 하니 또 침대 밑으로 쏙 들어가버렸다. 순이는 우리랑 같이 살고 싶지 않은 걸까, 계속 적응을

못하면 어쩌나, 가뜩이나 심란한데 괜히 데려온 걸까 걱정스러웠다. 그런데 일주일쯤 지나자 슬슬 밖으로 나와 미미와 어울리는 게 아닌가! 아, 드디어 순이가 우리를 가족으로 받아주는구나 싶어 어찌나 감격스럽던지!

간혹 유기동물을 입양하는 사람들 중에 이 '적응기'를 기다려주지 못하고 파양하는 경우가 있다. 낯선 환경에 가면 사람이든 동물이든 경계를 풀고 어울리기까지 시간이 필요한 법이다. 혹 입양한 동물들이 적응을 잘 못하고 마음에 안 들게 행동하더라도, 서운하게 굴더라도 조금만 더 참고 기다려주면 좋겠다. 만난 지 얼마 안 된 남자가 뽀뽀하자 그러면 좋겠는가. 모든 게 다 시간과 노력이 필요한 것. 그러니 기다려보시라. 기다림 끝에 감동이 있을 것이니!

삼식아!

•

어느 겨울, 건물 뒤편에서 들리는 작은 울음소리를 따라가 보니, 작은 고양이 한 마리가 쥐끈끈이에 발이 붙은 채로 울고 있어서 구조를 해 데리고 와 식구가 되었다. 이 녀석은 처음부터 길고양이 같지 않게 잘 따르고, 기대 자기도 하면서 얼마나 예쁜 짓을 하던지.

그런데 이 예쁜 짓을 나한테만 한 게 아니었던 것이다. 수컷인 줄 알고 투박하고도 정겨운 '삼식이'라는 이름 붙여줬더니 이게 웬 걸? 떡하니 임신을 하고 말았다. 알고 보니 암컷이었던 거지. 그것도 이제 핏덩이 겨우 넘긴 나이에. 엄마 허락도 없이 이렇게 사고를 치다니.

삼식아!

너희들을
어쩌면 좋으니

•

범인은 바로 우리 집의 유일한 수컷, 미미였다. 둘이 깜찍하게 나를 속이고 일을 저질렀을 줄이야. 삼식이 배가 점점 불러와서 애가 뭘 잘못 먹었나, 어디 아픈가 했지, 그게 미미와 어울리다 생긴 결과라고는 정말 상상조차 해보지 않았다. 걱정이 돼서 병원에 데려가 검사를 해 봤더니만 세상에, 임신이라니. 이미 내가 감당할 수 있는 동물의 수가 훌쩍 넘은 지금, 임신이라니! Oh, my god.

어이가 없고 황당했지만 그래도 산모는 산모이니, 먹이도 영양 많은 걸로 골라 주고, 초음파 검사도 해주는 등 신경을 더 썼다. 미미는 자기 때문에 어린 삼식이가 어떤 상태가 됐는지 모르는 것 같았다. 얌전한 고양이 부뚜막에 먼저 올라간다더니 미미가 이런 식으로 상투를 틀 줄이야! 이런 도둑놈 같으니라고.

사실 처음 미미를 데려왔을 때 친구가 자기네 고양이와 교배를 시켰으면 해서 중성화 수술을 시키지 않았다. 그런데 때가 돼서 한 집에 두 마리를 같이 뒀는데도 아무 일도 일어나지 않았고, 결국 그녀는 다른 수고양이를 만나기 위해 떠났다. 혹시 미미에게 문제가 있나 싶어 알아보니 온순한 성질의 고양이 중에는 교배를 할 수 없는 경우도 있다는 얘기가 있었다. 다른 고양이들처럼 발정 스트레스도 없고, 착해 빠지기만 했던 미미여서 그런 경우인가 보다, 별일 없겠거니 싶어 수술을 시키지 않았던 건데. 그런 건데!

……

그래. 미미야.

너 수컷이었구나?

남자였어! 짜식!

그래도 해피엔딩

•

천둥번개가 치던 어느 여름 밤 삼식이는 산통을 시작했다. 고양이들은 새끼를 낳을 때 가장 안전한 곳을 찾아 들어간다더니, 삼식이는 일부러 마련해놓은 산실박스를 팽개치고 벽장 안으로 들어갔다. 한 마리, 두 마리, 세 마리, 그렇게 삼십 분 간격으로 네 마리를 낳았다. 원래 고양이들은 새끼를 낳으면 본능적으로 태막을 찢고 새끼 코에 들어간 물을 빼준다. 그런데 삼식이는 아직 어리고 집에서만 자라 잘 모르는 것인지 첫째는 해주더니 나머지 새끼들은 해주려고 하지 않았다. 결국 둘째, 셋째, 넷째의 태막을 찢고 탯줄을 끊는 것은 내 몫. 할 수 있을까 싶었는데, 옛날에 메리가 새끼 낳을 때 곁눈질로 지켜봤던 것이 꽤 도움이 됐다.

초음파 검사를 할 때 의사 선생님이 적어도 다섯 마리는 있을 거라고 했기 때문에 네 마리의 새끼가 나오고 더 기다렸지만 두 시간이 지나도 감감 무소식. 열 시간 넘게 지키고 앉아 긴장을 한 탓인지 나도 졸음이 쏟아져서 네 마리가 다인가 보다 하고는 그대로 잠이 들었다. 그렇게 내 마음대로 생각하고 잠이 든 사이, 삼식이는 두 마리의 새끼를 더 낳았고, 여전히 아무런 조치를 해주지 않았다. 결국 내가 발견했을 때 그 두 마리는 싸늘하게 체온이 식은 상태였다.

게다가 그 두 마리가 아비를 닮은 친칠라였다. 친칠라 미미와 길고양이 삼식이 사이에서 미미의 유전자를 받은 두 마리가 눈도 떠보

지 못하고 저 세상으로 간 것이다. 내가 조금만 더, 조금만 더 세심했더라면 애꿎은 생명을 허무하게 보내지는 않았을 텐데. 속절없이 메리를 보내고, 빠삐용을 어이없이 잃고, 갖은 노력을 했어도 코코를 저 세상으로 보냈는데 또. 미리 좀 더 신경을 쓸 걸, 자지 말고 지켜볼 걸. 난 왜 이렇게 실수투성이 후회만 하는 인간인지.

그래도 사람이라는 게, 생명이라는 게 그렇다. 보낸 아이들은 마음 아픈데 살아 있는 아이들은 또 예쁘더라. 갓 태어난 네 마리의 새 생명이 나를 웃게 했다. 눈앞에서 꼬물거리는 미미와 삼식이의 새끼들은 얼마나 예쁘고 신기한지. 내 손으로 받아서 더 정이 갔던 것도 있겠다. 하지만 그렇다고 넷을 다 키울 수는 없는 노릇. 이미 우리 집에는 한 마리의 개와 네 마리의 고양이가 있었다. 순심이와 고양이 미미, 순이, 삼식이. 그리고 친구가 사정상 내게 맡긴 사랑이까지. 아쉽지만 새끼들에게 좋은 주인을 찾아주기로 했다. 두 마리는 가수 다해의 오빠에게로, 두 마리는 패션디자이너인 스티브와 요니 커플에게 분양됐다. 네 마리 모두 좋은 주인을 찾아 사랑 듬뿍 받으며 지내고 있다. 이 정도면 미미와 삼식이의 사고는 해피엔딩인 거겠지?

요니 언니가 트위터에 올려준 타시와 래시 사진.

조그마했던 녀석들이 이렇게 커버렸다.

그래도

삼식아

•

삼식아,

나는 네가 태어나자마자 찬바람 부는 거리에서 고생하던 안 좋은 기억은 모두 잊었기를 바라. 지금은 따뜻한 집에서 배부르게 먹고 잘 지내고 있지만 가끔 창밖을 내다보는 널 보며 떠나보낸 새끼들을 생각하는 걸까, 헤어진 너의 가족들을 떠올리는 건 아닐까, 짐작해본다. 하지만 걱정하지 않아도 돼. 너의 새끼들은 좋은 주인을 만나 정말 행복하게 잘 자라고 있어. 그리고 너의 가족들도 그럴 거야. 이제야 말하지만 사실 널 발견하고 며칠 뒤에 그 장소에 다시 가 봤어. 혹시 네 가족들이 있을까 해서 말이지. 역시 예상대로 너의 형제들로 보이는 새끼고양이 네 마리와 엄마 아빠로 보이는 큰 고양이 두 마리가 보였어. 엄마는 삼색이었고 아빠는 턱시도 고양이었는데 그 새끼들이 너랑 꼭 닮았었지. 어떻게 할까 고민을 많이 했다. 모두 데리고 올 수는 없고 그렇다고 모르는 척할 수도 없었으니까. 그러다 이 주 동안 매일매일 밥을 들고 찾아갔었는데 어느 날 엄마 고양이가 또 배불러 있는 걸 보았어. 순간 안 되겠구나 싶었지. 우리 집에서 쑥쑥 자라는 너와 비교했을 때 정말 작고 야윈 네 형제들이 걱정스러웠어. 자립할 능력도 없는 새끼들이 자연히 방치될 테고 그때 손을 쓰면 늦을 것 같았어. 그래서 네 형제들을 병원으로 데려가 응급조치를 한 후 좋은 곳으로 입양을 보내줬단다.

그래도 마음이 놓이지 않는 걸까?

아니면 산후 스트레스와 우울증?

그래, 그럴 수도 있지.

엄마는, 엄마는 이해한다.

네가 똥오줌을 아무 데나 싸도,

살이 쪄서 사람처럼 앉아 있어도

엄마는 너를 정말 사랑해.

그런데

제발 엄마 운동화만은,

그 안에 싸는 것만은

어떻게 안 되겠니?

내 사랑 삼식아.

너의 다양한 포즈 때문에 엄마는 매우 즐겁다.

그렇지만 너의 건강을 위해 뱃살 조금만 빼자.

약속하는 거다, 알았지?

순심이의 사랑법

•

고백하자면, 나 역시 처음부터 순심이가 편했던 것은 아니다. 순심이가 우리에게로 왔던 그 겨울, 미미와 순이, 삼식이는 순심이에 대한 경계의 날을 곤두세웠다. 같이 잘 좀 지내지, 보호소에서도 위협당했다는데 우리 집 고양이들은 안 그러면 좋겠는데. 그러나 사실, 나조차도 온전히 순심이를 끌어안지 못했다.

자꾸 마음이 가서 데려오긴 했는데, 앙상한 갈비뼈에 한쪽 눈은 보이지 않고, 병원에서 퇴원하고 미용을 시켜줬는데도 더 못생겨진 것 같고. 무엇보다 결정적으로 그 발소리가 거슬렸다. 고양이들은 돌아다닐 때 소리가 나지 않아서 의식하지 못했는데 순심이가 걸을 때마다 들리는 탁탁탁탁 발소리는 정말 신경이 쓰였다. 큰일났다 싶었다.

그렇게 며칠이 지났을까? 이번에는 마루에 오줌을 쌌다. 어쩐다, 교육을 시켜야 하는데. 고민 끝에 샤워 부스에 십 분 정도 가둬놨다. 딴에는 매를 들지 않고 큰 소리 치지 않으려고 선택한 방법이었는데 그건 나만의 생각이었다. 어리석게도. 순심이는 부스 안에서 울었고 그후로 지금까지 집 안에서 절대 용변을 보지 않는다.

유기견들은 입양을 가면 주인에게 잘 보이려고 애를 쓴다는 얘기를 들었다. 아마 순심이는 그날의 훈육이 트라우마가 된 것 같았다. 내 의도는 패드나 일정한 장소에 용변을 보게 하려던 거였는데 순심이는 아예 집 안에서 일을 보면 안 된다고 받아들인 모양이었다. 그날 이후로 순심이는 산책을 나가야만 볼일을 본다. 혹 내가 일 때문에 늦게 오거나 늦잠을 자면 하루 종일 참고 있다. 아무리 괜찮다고 이야기해줘도 소용이 없다. 십 분, 그게 이런 결과를 낳을 줄이야. 얼마나 무서웠으면 이럴까, 그걸 생각하면 또 속이 아리다.

그래도 다행히 한 달 정도 지나 적응을 하는 것 같았다. 게다가 내가 집을 나가면 미동도 않은 채로 신발장 앞에서 나를 기다리고 있더라는 이야기에는 코끝이 찡했다. 어느새 나를 이렇게 의지하고 있었나. 처음에 얼마나 불안했을까, 그걸 왜 헤아리지 못했을까. 나는 뭐가 그리 급해서 기다리지 못했을까? 분명히 적응기였을 텐데. 미안하고 또 미안하다.

그러고 보니 메리에게도 빠삐용에게도, 코코에게도 나는 늘 미안해하기만 하는구나. 그러면서도 끊임없이 동물과 같이 살려고 하고 돌보려고 한다. 잘 하지도 못하면서.

왜 그럴까?

스스로에게 물으니 단순한 대답이 돌아온다.

좋아하니까, 사랑하니까.

미안해도, 내가 완벽하지 않아도

마음이 접어지지 않으니 놓을 수가 없다.

그러니 실수투성이에 후회하는 일이 생겨도

고치면서 갈 수밖에.

내가 원해서 들어선 길.

좀 더뎌도,

좀 헤매도,

앞으로 걸어 나가야지.

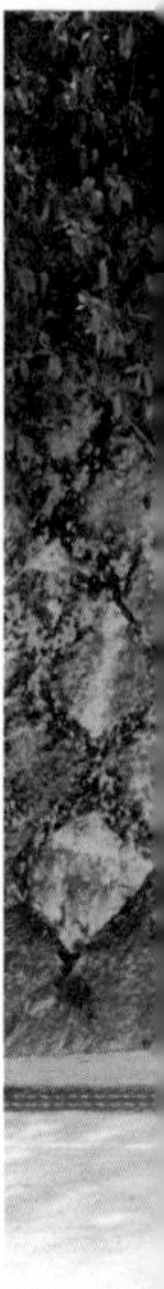

동물들은 그렇다.

개들은 특히나 더.

주인이 부유한지 예쁜지 따위 상관하지 않는다.

한번 마음을 주면 한결같다.

무조건적인 사랑.

나는 그걸 순심이를 보며 순간순간 느낀다.

연예인으로, 스타로 살아온 지난 십삼 년,

내가 받은 사랑에 감사하지만

언제 그 마음이 변할지 몰라 불안했다.

직업상 어쩔 수 없는 것이라 치부해왔으면서도

순간순간 가슴 한편이 추웠던 것이 사실이다.

그런 내게 순심이가 보여주는 절대적인 애정이 내게 얼마나 위안이 되는지,

내 가슴을 얼마나 따뜻하게 하는지 모른다.

모든 것의 시작은 시간이 없어서였고,

또 모든 것의 시작은 시간이 많아서였다.

PART 2

나를 사랑해줘요

I love me

그때는

그랬다

•

한 달만 쉬었으면, 아니 한 주만 쉬었으면,
아니 하루만이라도 편하게 쉬었으면 했다.
그러나 돌아보니 쉬지 못한 것이 아니라 쉬지 않은 것이었다.
스스로를 믿지 못해, 잊혀질까 두려워서
나를 혹사시켰다.

어느 날, 내 의지와 상관없이 멈춰야 했을 때
잠시 겁이 났지만
그 고요 속에서
진짜 나를 보게 됐다.

스스로에게 사랑받지 못해
지칠 대로 지친 나를.

오직 신만이 아는 이유

•

이효리.

그냥 내 이름이었는데 어느 순간부터 그 이상의 것들을 품게 돼버렸다. 열심히 하다보니 스타가 되었고, 살아남기 어렵다는 연예계에서 십 년이 넘는 시간 내 자리를 지켜왔다. 높이 올라갈수록 불안도 커졌지만 그만큼 더 노력했다. 그렇게 솔로로 컴백했던 1집 앨범은 성공적이었고 예능 프로그램에서도 믿을 만한 여성 MC였다. 스포트라이트와 찬사, 함성과 박수갈채는 여전했다. 물론 최선을 다해 노력해서 이룬 것이지만 운도 따라줬다고 생각한다. 모두 노력하지만 모두가 이만큼 이룰 수 없다는 건 잘 알고 있으니까. 그래서 가끔은 하늘이 나를 사랑하는구나 싶기도 했다. 어린 시절 없이 살았으니 이제 누릴 만큼 누려봐라, 그런 줄 알았다.

그런데 나도 모르는 곳에서 발 밑이 패는 줄은 몰랐다. 그리고 그 구덩이 위로 발을 내디딜 줄은, 그래서 넘어질 줄은 예상하지 못했다. 2집 앨범이었다. 처음으로 표절 시비에 휘말렸고 박수와 환호가 아닌 의혹과 질타, 비난이 쏟아졌다. 견딜 수가 없었다. 모든 스케줄을 취소한 채 집 밖으로 나가지 않았다. 이불을 뒤집어 쓰고 누워 있는데 방문 밖으로 부모님 한숨 소리가 들렸다.

'아, 어디에도 편히 쉴 곳이 없구나.'

무작정 밖으로 나왔다. 어디로 갈까? 누굴 만날까? 마땅히 떠오르지 않았다. 누구보다 많은 사랑을 받지만, 누구보다 외로운 게 연예인이다. 일거수일투족 공개된 삶을 산다는 건 그런 거다. 이미 오랜 시간 그렇게 살아왔고 너무도 잘 알고 있었음에도 헐벗은 것처럼 추웠다. 갈 곳을 찾다가 문득 핑클 시절에 수해가 났을 때 합숙했던 호텔이 떠올랐다. 며칠 먹을 물과 빵을 좀 사가지고 방 하나를 잡고 들어갔다.

한 사흘쯤? 핸드폰을 꺼놓고 혼자 멍하니 방에 있었다. 하도 밖으로 나오지 않으니 호텔 관계자가 와서 괜찮은지 확인을 했다. 생사여부를 확인하듯 놀란 토끼 눈을 하고 서 있는 호텔 관계자를 보면서, '이게 뭐지? 내가 왜 이러고 있지? 이건 아닌데' 싶었다.

지금 돌아보면 별일 아니었다 싶지만 그런 건 늘 지나서야 안다. 연예계 생활을 하면서 웬만한 일들을 다 겪었다 했는데도 그렇게 크게 넘어져본 건 처음이라 많이 아팠다. 지나고 나면 괜찮겠지, 괜찮아질 거야. 스스로를 추스르고 다독였다. 그러던 중에 제동 오빠와 통화를 하게 됐다. 워낙 스스럼없이 편한 사이인데다 상황이 상황인지라 금세 힘들었던 속내가 툭 터져 나왔다.

"오빠."

"어디야."

" 참 힘들다."

"…… 효리야, 산에 가자."

짧게 비친 속내와 잠깐의 침묵. 그리고 단순한 대답. 그러나 안다. 오빠도 알고 나도 알고. 그래서 고마운 거고. 그렇게 오빠를 따라 북한산에 올랐다. 얼마나 갔을까? 시원한 바람이 부는 산꼭대기 바위 위에 앉아 숨을 고르는데 아무 말 없던 오빠가 이어폰을 건넸다. 귓속으로 키드 락의 〈온리 갓 노즈 와이(Only God Knows Why)〉가 흘러 들어왔다.

한 방울,

두 방울.

1절이 채 끝나기 전에 나는 목놓아 울기 시작했다.

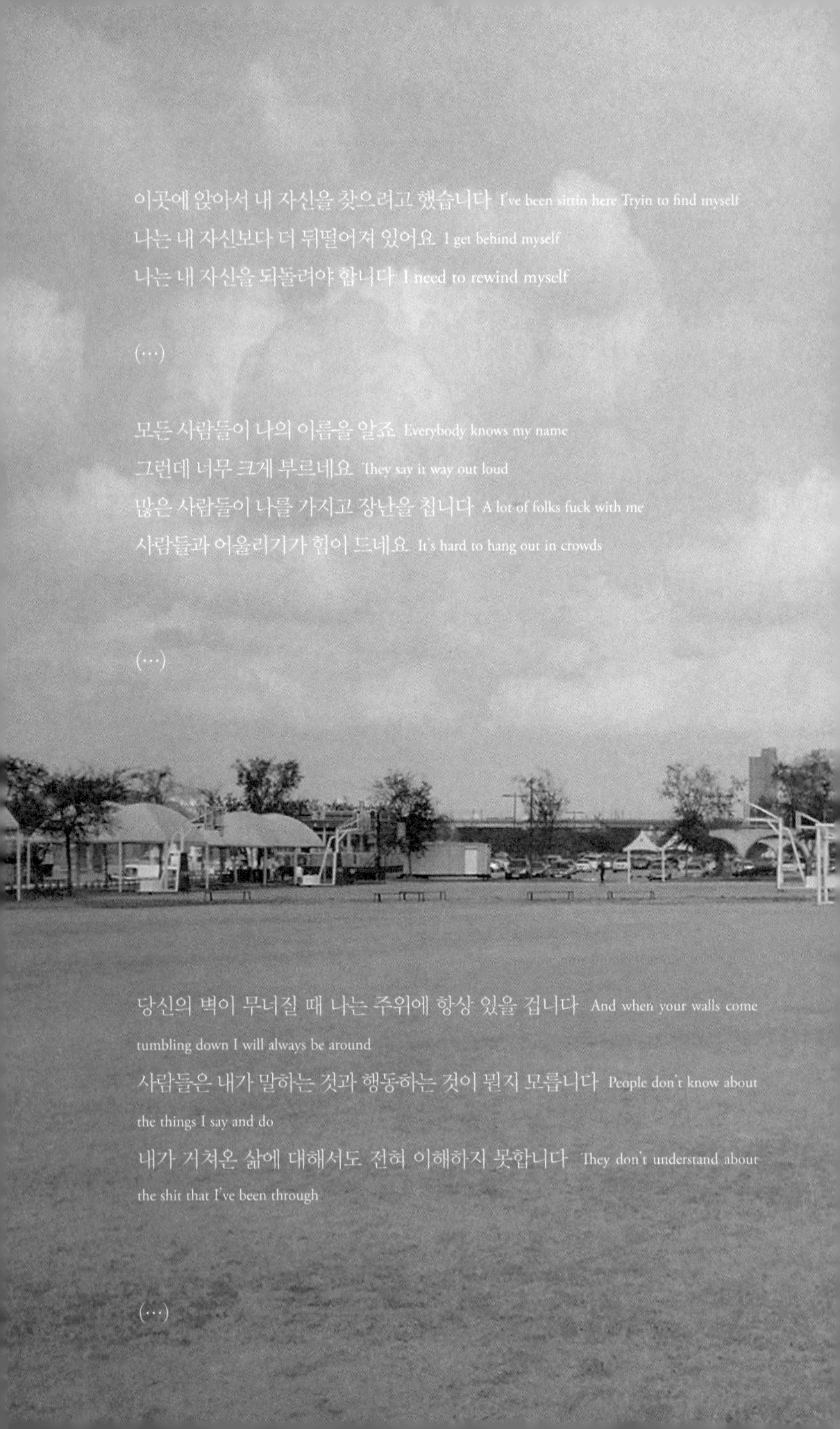

이곳에 앉아서 내 자신을 찾으려고 했습니다 I've been sittin here Tryin to find myself
나는 내 자신보다 더 뒤떨어져 있어요 I get behind myself
나는 내 자신을 되돌려야 합니다 I need to rewind myself

(…)

모든 사람들이 나의 이름을 알죠 Everybody knows my name
그런데 너무 크게 부르네요 They say it way out loud
많은 사람들이 나를 가지고 장난을 칩니다 A lot of folks fuck with me
사람들과 어울리기가 힘이 드네요 It's hard to hang out in crowds

(…)

당신의 벽이 무너질 때 나는 주위에 항상 있을 겁니다 And when your walls come tumbling down I will always be around
사람들은 내가 말하는 것과 행동하는 것이 뭔지 모릅니다 People don't know about the things I say and do
내가 거쳐온 삶에 대해서도 전혀 이해하지 못합니다 They don't understand about the shit that I've been through

(…)

내가 그리워하는 모든 것을 잊어버린 것 같군요 Maybe I forgot all things I miss

삶에는 이것보다 무엇인가가 더 있다는 것을 조금 알 수 있는데 Oh somehow I know there's more to life than this

(…)

그렇지만 자신은 보이지 않았네요 Still I ain't seen mine

내 자신은 보이지 않았네요 No I ain't seen mine

주기만 하고 받지는 않았네요 I've been giving just ain't been gettin

그런 길을 걸어 왔습니다 So I think I'll keep a walking

그래서 이 길을 계속해서 걸어갈까 합니다 So I think I'll keep a walking

나의 머리를 높이 들고 With my head held high

계속해서 걸어갈 겁니다 I'll keep moving on

이유는 신만이 아시겠지요 And only God knows why

오직 신만이, 오직 신만이 Only God, Only God

오직 신만이 그 이유를 아시겠지요 Only God knows why

– 키드 락, 〈온리 갓 노즈 와이〉 중에서

산이, 음악이, 기댈 곳 없는 나를 위로해줬다.

눈물은 그 감사의 표현이었다.

그후로 거의 매일 산에 올랐다.

가쁜 숨에 내 안에 차 있던 절망과 우울을 토해냈다.

다음에 더 잘하자.

그러면 되는 거야.

산이 나를 쓰다듬어주는 것 같았다.

등을 두드려주는 것 같았다.

그때는 몰랐다.

오직 신만이 아는 일.

그게 끝이 아니라는 것,

사람 사는 게 그리 호락호락하지 않다는 것.

그리고 또 다른 길을 보게 될 줄은

그때는 정말 몰랐다.

어쩜 이럴 수가
있을까

•

그럴 때가 있다. 중요한 시험을 앞두고 열심히 공부하고 오답 노트를 반복해 보면서 철저하게 준비를 하고, 시험 문제를 받고서 몇 번씩 다시 풀어보며 틀린 답을 찾아 고치며 완벽을 기해도 처음부터 정해져 있었다는 듯이 발견되지 않는 실수들. 나중에 채점이 된 답안지를 받고서야 아니 왜 이걸 못 봤지 싶어 어이가 없고 기가 막히는, 그런 일이 벌어지는 때가 말이다.

후회와 자책.

분노와 원망.

그러나

되돌릴 수 없는.

2차

쇼크

•

다시는, 정말 '다시'라는 말 외에 표현할 방법이 없을 정도로 두 번 다시 그런 일에 휘말리고 싶지 않았는데 말이다. 4집은 아이돌 가수들 틈에서 살아남아야 하고, 여전한 존재감을 알려야 한다는 조바심 속에서 정말 열심히 만든 앨범이었다. 특히 이전의 일도 있어서 신경을 더 쓰기도 했다. 그런 마음이 통했는지 발표 후 반응도 좋았다. 하지만 얼마 지나지 않아 이전과 같은 의혹이 불거져 나왔다. 내심 불안했지만 같이 작업한 사람들이 아니라고 했고, 나는 믿었다. 그러나 얼마 후 사실은, 내가 받은 노래들의 원곡이 따로 있다는 걸 확인했고, 나는 좌절했다.

그렇게 애를 썼는데, 조심에 또 조심을 기했는데 말이다. 어떻게 이럴 수가 있는지 허탈하고 기가 막혔다. 세상이 밉고, 사람이 미웠다. 거짓말로 곡을 넘긴 작곡가도 싫고 그 사기꾼의 곡을 받아서 아무 의심 없이 건네준 회사도 싫었다. 누구보다 나 스스로가 미웠다. 어떻게 그걸 몰랐을 수가 있나. 곱씹어 생각해보면 녹음하면서 여러 가지 걸리는 부분들이 있었다. MR을 요청했을 때 작곡가는 바로 넘겨주지 않았다. 보통 작곡가라면 기본적으로 가지고 있는 MR을 한 달이 넘어서야 겨우 받을 수 있었다. 그렇게 받은 MR의 드럼 소스와 AR의 드럼 소스도 조금씩 달랐었다. 그런 허점들이 있었는데, 나를 비롯한 공동 프로듀서들 모두 의심을 품기보다 믿었다.

문제가 생긴 후에도 이게 아니다, 싶으면 빨리 접었어야 했는데 회사 쪽에서 언론에 알려지기 전에 저작권 문제를 해결을 하려고 했고, 그러는 사이 나는 이미 표절 가수가 됐다. 사람들은 손가락질을 했고 세상은 다시 내게 등을 돌렸다. 내가 할 수 있는 건 한 가지밖에 없었다. 사실을 인정했고, 활동을 끝냈다. 내가 의도를 가지고 저지른 잘못은 아니지만 분명 내 실수이기도 했으므로 나는 책임을 져야 했다. 그리고 무엇보다 부끄러웠다.

지옥 같았다. 꼭대기에서 밑바닥으로, 그것도 한순간에 내던져진 느낌. 술과 눈물, 하소연과 넋두리로 채워졌던 날들이었다.

정신분석,
받아본 적 있나요?

•

이런 일을 겪고도 나의 뇌는 건강한가? 이러다 나도 잘못된 선택을 하게 되면 어쩌지? 그런 불안이 찾아왔다. 그럴 법도 한 것이 한두 달 동안 어쩔 줄을 모르고 술과 눈물로 지새던 날들이었으니까. 결국 보다 못한 제동 오빠가 특단의 조치를 내렸다.

"니 정신감정 좀 받아봐라."

결국 오빠가 소개해준 정혜신 박사님을 찾아가 검사를 받았다. 대여섯 시간 질문에 답하고 그림도 그리고 카메라테스트도 했다. 그리고 한 달 후 결과를 확인하러 박사님을 다시 찾아갔다.

"효리 씨, 일단 정신과에서 말하는 병은 없어요. 뇌가 체력이 좋네요?"

특별한 이상은 없다니 안심하긴 했는데 뇌의 체력이라는 게 뭐지?

"몸도 체력이 좋고 나쁜 것처럼 뇌도 마찬가지예요. 보통 정신력이라고 하죠? 그러니까 효리 씨가 뇌의 체력이 좋다는 건 정신력이 우수한 편이라는 말이에요. 웬만한 일에는 끄떡 없어요. 잘 견디

고 넘길 수 있죠. 그건 타고난 걸 수도 있고 후천적으로 단련이 된 걸 수도 있어요."

이런 상황에서, 이런 상태에서 듣는 정신력이 좋다는 말, 웬만한 일에 끄떡 없다는 말에 웃어야 할지 울어야 할지 묘한 기분이 되었다. 그래도 일말의 불안이 떨어져 나갔다. 그리고 등을 툭 밀어주는 것 같았다. 이제 그만 일어나라는.

사람들은 내시경을 받고 엑스레이는 찍으면서도 정신분석을 받는다고 하면 무슨 큰일이나 난 것처럼 호들갑을 떤다. 정신분석은 정신이 이상해져서 받는 게 아니다. 내 자신을 좀 더 자세히 알고 싶을 때, 그러니까 오장육부 장기들이 무사히 잘 있나 정기검진 하듯이 뇌도 그렇게 건강한지 검사해보는 일이다.

"효리 씨의 가장 큰 특징은 본인 스스로를 객관적으로 바라볼 줄 안다는 거예요. 사람들은 대부분 자기 자신을 객관적으로 바라보지 못해요. 예를 들어 누군가를 만났을 때 상대가 나한테 별로 호감을 가지지 않는다고 쳐요. 그럼 대개 상대가 사람 보는 눈이 없다고 생각하죠. 사실 내가 부족하거나 모자란 부분, 혹은 잘못한 부분들이 있을 수도 있는데 말이에요. 혹은 그 반대의 경우도 있고요.

그에 반해 객관적으로 자신을 보는 사람들은 유체이탈을 하듯 자기 자신을 떨어뜨려 놓고 보기 때문에 쓸데없는 감정 낭비가 별로 없어요."

박사님은 이런 내 성격이 연예계 생활을 하면서 많은 도움이 됐을 거라고, 반면 대중이나 가족들에게 어리광을 부리거나 의지하지 않으면서 그로 인해 외롭기도 했을 거란 말도 덧붙였다. 그리고 또 하나.

"지금 당장 보이는 효리 씨 문제는 본인 스스로 특별하다고만 생각하는 거예요. 버스도 타보고 지하철도 타보고 남들이 하는 일상적인 일들을 해봐요. 그게 참 중요해요. 지금 효리 씨 상황은 집 안에 금이 한가득 쌓여 있는데 정작 밥 해먹을 쌀은 없는 거랄까요?"

그렇구나. 처음에는 쌀을 사려고 금을 모았던 건데. 나는 절약하고 또 절약하던 아빠의 딸이었고 가난하고 힘들었어도 작은 것에 행복하다 느꼈었는데 어느 순간부터 돈과 명예, 이런 것을 제일 중요하게 여기며 살아가고 있구나. 내가 잊어버리고 있었구나. 그래도 박사님 말씀에 의하면 나는 꽤 괜찮은 사람이었고 그 이야기에 위안을 얻었다. 박사님은 나에게 마지막으로 이야기했다.

"효리 씨, 자기 자신에게 제일 좋은 친구는 바로 '나 자신'이에요. 나를 돌봐줄 사람은 나밖에 없다는 걸 잊지 말아요."

미안해

정말 미안해

•

집으로 돌아오는 차 안에서 많이 울었다.

나에게 미안해서.

돌아보면

나는 나에게 칭찬해준 적이 없었다.

왜 이것밖에 못 해?

노래가 이것밖에 안 돼?

춤도 좀 더 잘 춰야 하지 않아?

몸매는 왜 이래?

왜 좀 더 잘하지 못해?

스스로를 깎아내리고 채찍질하는 데 급급했다.

한 번도 나를 제대로 보듬어주지 않았다.

내가 얼마나 괜찮은 사람인지 생각해본 적 없었다.

열심히 살았다.

열심히 벌어서 자립하고 가족들 먹여 살렸고.

성실하게 살아왔다.

그런데 왜 한 번도 칭찬해주지 않았던 걸까?

왜?

누구보다 나 스스로에게 사랑받지 못한

내가 안쓰러웠다.

잘못한 것도 없이 혼나기만 했던 나 자신이 안타까워서

그날 밤은 잠을 이룰 수 없었다.

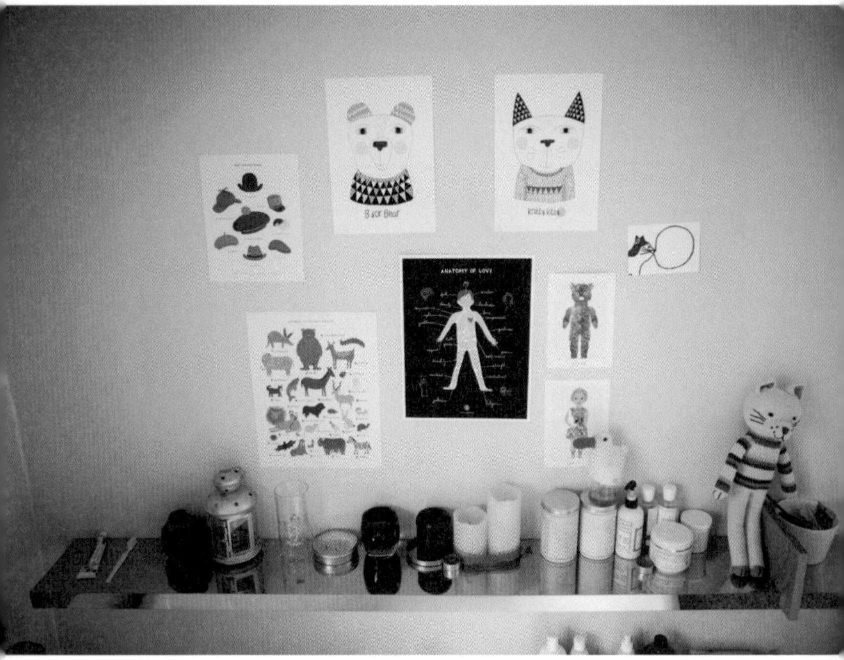
ANATOMY OF LOVE

효리야, 미안하다.

너는 잘해왔고

잘하고 있어.

앞으로는 더 잘할 거야.

이제는 내가 먼저 너를 안아줄게.

사랑해줄게.

사과와

화해

•

언젠가 정화 언니가 집에 놀러 와 둘러보다 "어떻게 이렇게 넓은 집에 제대로 된 수건 한 장 없이 사니" 라고 하고는 수건을 보내줬던 적이 있다. 정신분석을 받고 돌아와 가장 먼저 한 일이 집에 먹을 걸 사다 놓은 일이었는데 언니가 했던 말이 생각이 나서 수건도 같이 장만했다. 하나 둘씩 진짜 나를 위한 일들을 시작했다.

돌이켜보면 돈을 아무리 많이 벌어도, 내가 쓸 깨끗한 수건 한 장, 신선한 우유 한 병 사본 적이 없었다. 늘 남들한테 보여야 하는 옷, 신발, 가방, 액세서리, 그런 걸 사는 데 신경을 썼지 진짜 나 자신을 위해 보약 한 재 지어 먹은 적이 없었다. 보약은커녕 집에 변변한 먹을거리 하나 없었다. 비염이 있고 장이 안 좋아 다음 날이면 고생을 하면서도 매일 술을 마시며 나를 돌볼 생각을 전혀 하지 않았던 시간들. 그 시간들은 저 뒤로 밀어버리고 이제는 나에게 관심을 두기로 했다.

너는 너, 나는 나, 따로 각자의 삶을 살던 연인들이 사랑을 하면서 서로를 챙기고 보듬어주듯이 나 자신과 나는 화해하고 사랑하며 돌보는 삶을 살기로 한 것이다.

너는 참
좋은 사람이야

•

쉬는 김에 샘물 언니가 있는 샌프란시스코에 다녀왔다. 국내에서도 유명한 메이크업 아티스트였던 언니는 어느 날 갑자기 미술을 공부하고 싶다더니 샌프란시스코로 훌쩍 떠났다. 멀리서도 한국의 상황을 다 알고 있던 언니가 머리도 식힐 겸 오라고 했을 때, 매일매일 눈 뜨면 반갑지 않은 기사들에 심신이 지쳤던 나는 고민 없이 짐을 쌌다. 한국에 있을 때 언니는 늘 "효리야 너는 정말 예뻐. 너는 참 좋은 사람이야"라며 칭찬해줬었는데, 어쩌면 다시, 너는 좋은 사람이야, 그 말이 듣고 싶었는지도 모르겠다.

열 시간 남짓 바다 건너에서 만난 언니는 여전했다.

"걱정하지 마 효리야. 너는 좋은 사람이니까, 성실하니까 괜찮을 거야. 시련이라고 생각하지 말고 쉬어가는 시간이라고 생각해. 그래, 여기 있는 동안 기타나 피아노를 배워서 곡을 써보는 건 어때?"

댄스가수로 십삼 년, 이제 와서 무슨 곡을. 내가 그걸 어떻게 해. 너무 늦었어. 나는 도리질을 했다.

"어머, 왜? 늦긴 뭐가 늦어. 하면 되지. 나 봐. 좋은 견본이 눈앞에 있잖아?"

하긴 언니도 마흔이 넘어 공부를 시작했으니 그냥 듣기 좋으라고 하는 이야기는 아니었던 셈. 그래도 나는 내가 정말 좋은 사람일까? 할 수 있을까? 끊임없이 물음표를 던지며 망설이고 있었다. 언니는 다짜고짜 그런 나를 데리고 시내로 나가 작은 기타 한 대를 사줬다. 그것도 모자라 후배에게 부탁해 기타 강습을 받게 했고 나는 더듬더듬 코드를 짚고 기타 줄을 튕기기 시작했다. C, A, D, E…… 어설프지만 낯익은 소리들이 들렸다. 탁하고 거친 소리 사이에 분명히 제 음의 흔적이 있었다. 왠지 모를 안도와 위로가 전해졌다. 괜찮아, 할 수 있어, 그렇게 말해주는 것 같았다. 기타 줄을 집느라 아린 손끝이 대견했다. 사막 한가운데 떨어져 어떻게 해야 할지 모를 때에 샘물 언니는 내 두 손에 삽을 쥐어주고 우물을 파는 방법을 알려준 셈이다.

언니 집에서 나는 이 주 동안 언니가 직접 정성스럽게 만들어준 신선하고 맛있는 음식을 먹고, 매일 기타를 치며 귀한 대접을 받았다. 치유의 시간이었다. 한국에서 쓰레기, 뻔뻔한 거짓말쟁이 같은 악플을 보면서 나락으로 떨어졌던 내 자존감이 조금씩 되살아나는 것 같았다.

누군가가 귀한 대접을 해주면 내가 얼마나 귀한 사람인지 알게 된다.
언니는 언니가 가지고 있는 맑고 긍정적인 에너지를
내게 고스란히 부어주었다.
마음을 다해 나를 받아주고 나를 아껴주었다.
덕분에 다시 생각하게 됐다.
나는 귀한 사람이다. 사랑받고 있다.
나는 괜찮다. 괜찮은 사람이다.

한국으로 돌아가면 다시 한번 시작하자.
정말 좋은 가수가 되자.
좋은 사람이 되자.

그리고 다짐했다.
나도 누군가를 이보다 더
귀하게 대하리라.

산은
평등하다

•

"제아무리 이효리라도 이건 못 주지!"

지리산 위 산장에서 고기를 구워 먹던 아저씨들이 사람 좋게 인사하고는 껄껄 웃으며 말한다. 나도 웃으며 대답한다. "네, 알아요. 그럼요, 못 주죠." 지리산 자락을 구비구비 넘으면서, 이렇게 산 사람들을 만나면서 나는 새삼스럽게 산이 더 좋아졌다. 산은 평등하다. 누구도 편한 잠자리를 취할 수 없고 마음대로 씻을 수 없고 먹고 싶은 음식을 마음껏 먹을 수 없다. 자신의 등에 스스로의 힘으로 지고 온 짐의 무게만큼 지고 가야 하는 것이, 그 안에서 먹고 자고 누릴 수 있는 곳이 바로 산이다. 제아무리 이효리라도.

연예계 생활을 하다 보면 이런 당연한 사실에 무뎌지기 마련이다. 게다가 십 년이 넘게 관심의 중심에서 살다 보면 처음부터 그런 사람인 것처럼 착각하게 된다. '나는 남들과 다른 특별한 존재'라고 생각하게 되는 것이다. 워낙 털털하다, 소탈하다, 자연스럽다 이런 이야기를 들어왔고 스스로 연예인 중에서 소박한 편이고 초심을 잃지 않았다 생각해왔지만 나라고 뭐가 달랐겠는가. 그러나 산에 가면 아, 그렇지, 하게 된다. 남들과 마찬가지로 잠깐의 휴식에 행복하고 그때 부는 바람이 고맙다. 잠시 앉아 마시는 물 한 모금에, 초코바 하나에 기력을 회복한다. 스타 이전에 남들과 똑같은 사람이었다는 사실을 마주하게 된다. 어쩌다 아빠가 아이스크림 한 통을 사오면 언니 오빠들과 입이 찢어지게 웃으며 행복했던 그런 시절도 있었다는 것. 작은 것에 기뻐하고 즐거워하던 내가 있다는 걸 말이다.

지리산은 친구를 따라 나선 거였다. 친구 외의 일행들은 전혀 몰랐지만 나는 선뜻 합류했다. 전에는 아무래도 연예계 쪽 사람들이 편해서 이 계통 사람들하고만 만나곤 했는데 정신분석을 받은 이후 일부러 여러 분야의 사람들을 만나려 했고, 막상 만나보니 꼭 같은 일을 하지 않더라도 통하는 사람과의 만남이면 충분히 즐겁다는 걸 알았다. 산행도 마찬가지였다. 각자 10킬로그램 정도의 짐과 회비 오만 원씩 준비해서 모였다. 같이 산에 올라 각자 맡은 식량을 꺼내 직접 밥을 해 먹고, 미리 예약해놓은 산장에서 함께 한뎃잠을 자면서 누구도 다를 것 없는, 있는 그대로의 나로 돌아가는 것 같았다.

여기에서도 나를 알아보는 사람들이 있지만 나를 특별 대우하지 않는다. 내게 건네는 인사는 내가 이효리여서가 아니라, 같은 길을 오르는 동행에게 보내는 응원이자 격려다.

안녕하세요.

안녕하세요.

좋은 산행 하세요.

네. 좋은 산행 하세요.

산이니까 만나면 금방 친구가 되고

눈치보지 않고 인사를 건넨다.

서로 안전하게, 좋은 추억을 안고

돌아갈 수 있기를 바라며.

일상을 풍요롭게 만드는 법

•

"자신이 특별하다고 생각하지 마요. 사람들이 하는 거 다 해봐요."

정혜신 박사님 이야기를 듣고 가장 먼저 차를 팔았다. 회사에서 선물해준 차였는데 스케줄이 있으면 매니저가 밴으로 데리러 오니 딱히 쓸 일이 없었다. 고민 없이 팔고 그후 이동할 일이 있으면 대중교통이나 택시를 이용했다. '알아보면 어쩌나' 하던 생각은 '알아보면 뭐 어때'로 바뀌었고, 마음은 편안해졌다.

신기하기도 하지. 차를 팔고 걷다 보니 오히려 일상이 풍요로워졌다. 차가 있으면 편하긴 하지만 그게 삶을 풍요롭게 해주진 않는다는 사실을 알았다. 걸으면서 불쑥불쑥 나타나는 길고양이들, 추운 겨울 연탄불 위에서 타닥타닥 소리 내며 익던 노란 밤, 능숙한 손놀림으로 그 밤을 까던 군밤 장수 아저씨, 높은 담장 아래로 폐지를 가득 실은 수레를 끌고 천천히 걸어가시던 할머니, 그 곁으로 교복 입고 깔깔대며 뛰어가던 여고생들, 그 길 따라 서 있는 상가에서 쏟아져 나오는 사람들. 나는 걸으면서 잠시 잊고 있었던 다양한 사람들을 만나고 삶을 마주치고, 그렇게 세상 속 많은 것들을 보고 느끼고 생각했다.

Sawdust
OPEN
CLOSE
Sawdust

오직 신만이 아는 일.

정말 신이 있다면 신이 나를 많이 사랑하는구나.

어려서 가난하게 살았으니까

물질적으로 풍요롭게 살아보라고 기회를 줬고,

풍요 속에서 중요한 걸 잊고 사는 걸 보고

좀 쉬면서 돌아가라고 시련을 줬구나.

나는 이제 비로소 진짜 나를 찾아가고 있다.

무대 위의 나와 일상의 나를 구분할 수 있게 됐고

남이 보는 나가 아닌, 내가 좋은 나를 찾게 됐다.

모든 것이 내가 나를 사랑하게 되면서 일어난 일이다.

풍요롭고,

평안한 날들이다.

나와 화해를 하고,

나를 사랑하는 법을 알고 난 후

나는 스스로를 칭찬하는 실력이 많이 늘었다.

순심이와 미미, 순이, 사랑이, 삼식이에게도

잔소리보다 예쁘다고 칭찬하는 일이 많아졌다.

내가 잘 못하는 것보다 잘하는 것,

못난 모습보다 예쁜 모습을 발견하고 있고

정말 하고 싶은 것들을 찾고 있고 하려고 노력하고 있다.

그런 것들이 생각했던 것보다 많더라.

그러고 보니 나는 꽤 괜찮은 사람이었다.

그래서 나는 내 팬이 되었다.

전보다 행복해졌다.

나와 여러분도 다르지 않으니

여러분도 그러하기를.

여러분이 여러분 자신의 가장 따뜻한 팬이 되어주기를.

나는 진심으로 바란다.

110726 아무리 재미있는 책도, 영화도 재미 없는 부분, 지루한 부분이 있기 마련. 이름을 날린 훌륭한 사람들의 인생에도 조용히 권태롭게 지낸 시간들이 있었듯 우리 인생과 사랑에 찾아온 권태로운 시간들을 묵묵히 참고 즐겨보면 어떨까?

멋진 소설 같은 아름다운 영화 같은 결말이 기다리고 있진 않을까?

사람 또한 동물

동물은 또 다른 우리

우리는 결국 하나의 자연이다.

PART 3

함께 살아요

We are the world

인생을 바꾼 3초

•

그 짧은 순간이 내 인생을 바꿔 놓을 것이라곤 꿈에도 생각하지 못했다. 누가 켜놨는지 모를 텔레비전 브라운관 아래로 자막이 지나갔다. '〈MBC 스페셜-도시의 개〉 오늘 밤 10시'.

'도시의 개? 유기견? 한번 챙겨 볼까?'

그렇게 생각하고 보지 않을 수도 있었다. 만일 그때 내가 180도 달라진 삶을 살게 될 줄 알았다면 나는 그 밤 열 시에 텔레비전을 켜지 않았을까? 단 몇 초의 시간, 내 눈을 사로잡았던 짧은 자막 한 줄로 내 인생은 그것을 보기 전과 후로 나뉘었다.

도시의
개

•

금요일 밤이었고, 내가 좋아하는 내 또래의 필리핀 가수 니나의 목소리를 듣고 있었다. 볼륨을 높이고, 흥얼거리며 노래에 빠질 쯤 방송이 시작될 시간이라는 게 생각났다. 미미와 순이와 삼식이 사랑이는 모두 제각각 편안히 쉬고 있었고, 나는 노래를 멈추고 텔레비전을 켰다. 브라운관이 밝아지는 순간 강아지들의 짖는 소리가 들리고 내레이션이 흘렀다.

"유기견 보호소에는 언제나 집 잃은 개들이 넘칩니다. 한때 주인의 사랑을 받았던 개들, 지금은 대부분 이 세상에 없습니다."

"다시는 동물로 태어나지 말아라."

울먹이는 수의사의 말 뒤로 유기동물 보호소에서 안락사시키는 강아지와 고양이들이 나왔다. 주사바늘을 가져가니 야옹, 하고 우는 고양이. 설사와 기침을 해 안락사 1순위라는 수척한 모습의 강아지. 마취제로 잠을 재우고, 안락사용 주사바늘을 찔러 넣었다. 잠시 후 그 고양이와 강아지들은 주황색 쓰레기 봉투에 넣어졌다. 현실적인 선택이라는 이야기와 함께. 방송을 시작한 지 오 분이 지나지 않았는데 눈물이 흐르기 시작했다. 수의사 선생님은 눈물을 훔치며 이야기했다.

"그들이 동물이 아니었다면."

그리고 머리를 망치로 때려 물이 펄펄 끓는 솥에 넣는다는 유기견 학대 현장, 다시 주인을 찾지 못하게 고속도로 변에 개를 버린다는 끔찍한 이야기, 사람이 없음을 확인한 뒤 반려견을 묶어놓고 손을 흔들며 떠나는 주인 등 브라운관 너머로 보이는 인간의 모습은 절망스러웠다.

다시 이어지는 화면. 차에 치여 죽은 고양이, 한쪽 다리가 부러진 강아지, 피범벅이 된 채 가로수 옆에 누워 있는 길고양이, 거리의 동물들에게 도시의 모든 것은 총 칼과 다를 것이 없었다. 치료받는 강아지의 슬픈 눈망울에서 말 못하는 동물들의 고통과 슬픔이 느껴지고, 그것을 보는 순간 마치 생살을 꿰매는 것처럼 쓰리고 아파왔다.

'반려동물, 인간의 벗인 동물'

반려동물에 대한 자막이 나오고 해외의 새파란 해변에서 가족들과 행복한 한때를 보내고 있는 반려견의 모습이 비쳤다. 바다 건너 세상. 그곳에는 저렇게 행복한 개들만 있는 건가 싶었지만 사실 그곳에서 오히려 더 많은 개들이 버려지고 죽어갔다. 미국의 한 공립보호소에는 사흘이면 안락사를 당해야 하는 개들이 어딘가에서 구조되어 끊임없이 들어왔다. 화면 뒤로 〈헤이 주드(Hey Jude)〉가 흘렀다. 존 레논이 오노 요코와 재혼했을 때 아들 줄리안을 위해 폴 매카트니가 만들었다는 바로 그 곡. '주드, 너무 속상해하지 마(Hey Jude, Don't make it bad)' 그러나 내 가슴은 이미 무너져내렸다. 화면 속 집을 잃고 떠도는 강아지와 같이 내 마음도 갈 곳을 잃어버렸다.

방송은 계속해서 성장하고 있는 애견 시장의 문제점, 개 공장에서 상품이 돼버린 생명들, 유기동물을 위해 쓰여야 할 세금이 인간의 욕심을 채우는 데 쓰이며, 방치되고 학대당하는 동물들의 이야기를 전했다. 그리고 마지막에 한 사람의 눈이 되어준 충직한 안내견 미담이의 이야기와 유기견 위탁보호소에서 반려견을 찾고 기뻐하며 눈물 흘리는 가족들의 모습을 보여줬다.

방송이 끝난 후에도 한참 동안 심장이 심하게 요동쳤다. 화장실로 달려가 울면서 먹은 것을 모두 게워냈다. 모른 척하고 살았다는 생각에서 벗어날 수는 없었다. 감정을 주체하지 못하고 울고 있는데 전화벨이 울렸다. 보윤 언니였다. 언니도 그 방송을 본 모양이었다. 언니는 아이처럼 엉엉 울면서 내게 말했다.

"효리야, 네가 저 불쌍한 동물들을 위해 뭐라도 좀 해주면 안 돼? 네가 나서줘라. 응? 나도 도울게. 이렇게 안 이상, 아무 일도 없다는 듯 그냥 살아가는 것도 죄 짓는 일인 것 같아."

한참 동안 서로의 눈물을 받아주고 난 후에 한 가지 결심을 했다. 동물들을 위해 작은 일이라도 내가 할 수 있는 최선을 다해보겠다고. 이제 더 이상 비겁하게 뒤에 숨어 있지 않겠다고.

인간의 오랜 친구, 하지만 인간의 이기심으로
오늘도 도시의 개는 버려지고 죽어갑니다.

사지 마세요
버리지 마세요.
입양하세요.
책임도 함께 가져가세요.

—〈MBC 스페셜 – 도시의 개〉 중에서

시작은 전화 세 통

•

"나 효린데, 공효진 씨 전화번호 안다고 했지? 좀 알려줘."

"효진 씨, 오랜만이에요. 저 이효리인데요. 이번에 임순례 감독님하고 영화 작업한다고 들었는데 혹시 감독님 연락처 좀 알 수 있을까요?"

"임순례 감독님이신가요? 저 가수 이효리인데요. 제가 동물보호를 위해 뭔가 할 수 있는 일이 있을까 해서 전화 드렸어요."

〈MBC 스페셜-도시의 개〉를 통해 이 사회에서 반려동물을 대하는 방법 자체의 심각성을 깨달은 나는, 뭔가 하기로 마음먹었다. 그런데 어디서부터 어떻게 시작해야 할지 막막했다. 일단 인터넷에서 동물보호시민단체인 카라(KARA)의 사이트를 보고 들어가보니 대표가 임순례 감독님이었다. 마침 배우 공효진 씨와 함께 작업한 영화가 개봉한다는 소식을 듣고 효진 씨한테 감독님 연락처를 부탁했고 전화를 걸었다. 감독님과 일면식도 해본 적 없는 사이였지만 마음이 이미 저만치 달려가고 있었다.

처음에 감독님은 좀 당황한 듯했다. 전화상의 대화였기 때문에 정확하지는 않았지만, 연예인이 이렇게 직접 전화한 적이 없다고 말씀

하신 것으로 보아 의아하셨던 것 같다. 감독님께 나는 차근차근 유기견과 반려동물에 대한 문제의 심각성에 대해 알았고, 동물을 사랑하는 한 사람으로서 뭔가 하고 싶다고 말씀 드렸다. 가만히 이야기를 듣던 감독님은 며칠 있으면 종로의 한 갤러리에서 카라의 동물보호운동기금 마련을 위한 전시회 오픈 식이 있으니 그때 다시 보자고 했다.

며칠 후 그날, 스무 명 남짓 모여 있는 회원들에게 간단하게 인사를 하고 감독님과 차를 마시며 긴 이야기를 나눴다. 내 이야기를 다 듣고 난 감독님이 물었다.

"왜 이 일에 뛰어들려고 해요?"

어떻게 보면 아직도 세상 사람들이 도끼눈을 뜨고 의심하는 그 죽일 놈의 '이미지 변신'을 감독님도 염려하셨는지도 모르겠다. 이미지 변신은 일종의 퍼포먼스와 같고 어느 누구도 그걸 위해 '인생'을 걸지 않는다. 다시 한 번 차분하고 단호하게 내 결심과 다짐에 대해 말씀 드렸다. 그러고 난 후에도 감독님은 큰 동요 없이 한 가지 제안을 했다.

"무슨 얘긴지 알겠어요. 그럼 우선 카라에 가입을 하고 한 달에 한 번 가는 봉사활동에 참여해봐요. 그리고 이건 우리가 발행하는 잡지인데 꼭 읽어보고요."

처음 예상했던 전개는 아니었지만(솔직히 감독님이 반겨줄 줄 알았다. 내가 덜 된 탓이지. 나중에 이 일이 어떤 일인지 알게 되고 나서야 감독님이 왜 조심스러워했는지 알았다.) 그래도 한 발짝 내디딘 것 같았다. 그래, 일단 이렇게 시작을 해보자. 그런 마음으로 돌아오는 택시 안에서 감독님이 주신 잡지 「숨」을 펼쳤다. 그러나 몇 페이지 넘어가지 않아 또 눈물이 펑. 실험동물들의 실태에 대해 다룬 첫 장에 머리를 열어놓은 채 뇌에 기계를 꽂고 있는 고양이의 모습이 있었다. 페이지를 넘기며 눈물은 통곡으로 바뀌었다. 태어나 한 번도 어떤 일을 겪어도 그렇게 목놓아 울진 않았는데 달리는 택시 안에서 숨도 제대로 못 쉬고 꺽꺽대며 울었다.

이건, 아니다. 이건 정말 아니다.

어떻게 이럴 수 있을까. 도대체 어떻게 하면 좋을까.

동물들의 수호천사로 남아주시길

이효리 씨를 처음 만난 건 2010년 11월 중순쯤의 일이다. 동물을 워낙 좋아해서 익명으로 후원 활동을 하기도 하고 개인적으로 집 근처 길고양이를 돌보거나 구조하는 일을 해왔다고 했고, 이제는 좀 더 나서서 동물보호 운동을 많이 알리고 싶다고 나를 찾아왔었다. 순간 크게 내색은 하지 않았어도 전장에서 천군만마를 얻은 기분이었다. 아직 동물의 복지나 권리라는 말이 낯설고 인식이 지극히 낮은 한국 사회에서 이효리 씨 같은 톱스타의 영향력이 얼마나 지대한지 잘 알고 있었기 때문이다.

동물보호를 위해 활동을 한다는 것이 녹록하지 않은 일이기에 어느 정도 우려가 없었던 것은 아니다. 잠깐 하다 실상을 알고 놀라 도망가진 않으려나 싶기도 했고. 그러나 얼마 후 효리 씨와 효리 씨 팬클럽 회원 이십여 명과 함께 유기견 보호소로 봉사를 같이 가게 됐고, 나는 그날 그녀에게서 여러 가지 모습을 보게 됐다.

참 대범하고 소탈했다. 사람들의 손길을 두려워하는 강아지들을 품에 안아 이동하는 과정에서 놀란 녀석들이 효리 씨 점퍼에 대소변을 마구 지렸는데도 그녀는 아무렇지도 않게 분변들을 손으로 툭툭 털어낼 뿐이었고, 여기저기서 튀어나오는 쥐들에 놀라 소리치며 도망가는 나와는 다르게 태연하게 쥐들을 대하는 모습을 보며 살짝 충격을 받기도 했다. 팬들도 마찬가지였는데, 나이 어린 여성들이 대부분이었지만 삽질이며 못 박는 일 등 남자들도 하기 힘든 일을 어찌나 능숙하게 하는지. 그 스타에 그 팬이라고 해야 할 것 같았다. 그리고 인상적이었던 것이 효리 씨가 그날 봉사가 끝나고 「숨」을 일일이 팬들에게 나눠주는데, 팬들의 봉사가 단순히 좋아하는 연예인과 함께 시간을 보냈다는 것에 그치지 않고 동물들에 대해 생각해보게끔 하기 위한 그녀의 배려였다.

그리고, 유기견 보호소 옆에는 그 열악한 보호소를 천국으로 느낄 만큼 더 열악한 환경의 개 농장이 있었는데 그 안에는 몇 달 후면 식용으로 사라질, 아직 어리고 귀엽기만 한 백구들이 가득했다. 그 아이들을 바라보며 남몰래 눈물을 훔치던 효리 씨의 모습을 아마도 매우 오래 기억할 것이다. 조용히 우는 그녀를 보면서 눈물을 흘릴 수 있는 가슴이 있고, 그 눈물을 절제할 수 있는 이성이 있고, 다시 현실을 직시할 수 있는 용기가 있다면 이 활동을 하면서 부딪치는 모든 어려움을 능히 극복해 나갈 수 있으리란 생각을 했다.

지난 일 년간 그녀의 동물보호 활동이 대중에게 미친 영향력은 애초의 내 예상을 크게 뛰어넘는 수준이었다. 일단 본인이 유기견 순심이를 입양하고 지속적으로 유기견 보호소 봉사활동을 함으로써 유기견 입양에 대한 대중적 관심을 크게 증폭시켰고 채식주의를 공개적으로 선언함으로써 육식에 대해 많은 이들이 다시 생각할 수 있는 기회를 주었다. 모피 반대에 대한 용기 있는 발언 역시 많은 대중에게 긍정적 파고를 미치고 있다. 그녀의 거침없는 기부와 봉사활동, 동물 이슈에 관한 창조적이고 전방위적인 활동은 한국 동물보호 운동을 유난하고 별난 '짓'이 아닌 친숙하고 대중적인 콘셉트로 바꾸는 데 큰 도움이 되었다 싶다.

이효리 씨, 앞으로도 오랫동안 동물들의 가장 든든한 수호천사로 남아주시길!

2012년 4월

임순례

LOVE
LOVE

LOVE

LOVE

알아야
한다

•

살가죽이 벗겨진 모피 동물들, 공장식 사육으로 갇혀서 스트레스로 철창을 물어뜯던 돼지, 식용으로 잡혀 늘어진 채 매달려 있던 개들, 학대 당해 피범벅이 된 또 다른 개들, 마치 기계처럼 전자기기를 몸에 달고 실험대상이 된 동물들.

동물들의 고통이 내게 직접 전해지는 것 같았고 이런 상황에 화가 치밀어올랐다. 그날 이후 몇 날 며칠, 밤이고 낮이고 고통스러워하는 동물들의 모습이 머리에서, 눈앞에서 떠나지 않아서 울면서 잠이 들고, 잠에서 깨면 또 울었다. 그야말로 패닉 상태. 도무지 마음을 추스를 길이 없어 절을 찾아가기도 하고 백팔 배를 해보기도 하면서 마음의 평정을 찾으려고 노력했지만 충격에서 헤어나오지 못했다. 내가 아무 생각 없이 먹고 입고, 마시고 바르던 그 모든 것들이 이런 잔인한 과정을 통했던 것이라는 것을 정확히 안 순간 다시는 모른 척할 수가 없을 것 같았다. 그러던 어느 날, 울고 또 우는 내 곁을 하염없이 지키고 있는 고양이들을 보면서 나는 퍼뜩 정신이 들었다. 그래, 이런다고 뭐가 해결되는 게 아니다. 정신 차리자.

그러고 일어나 동물들이 처한 현실에 대해 찾아봤다. 알아야 힘이 될 수 있으니까. 구제역 생매장 현장, 공장식 사육을 당하고 있는 동물들, 법적 보호를 전혀 받을 수 없는 지역에서 자행되는 모피 동물에 대한 학대의 실상 등 동물과 관련된 이야기를 닥치는 대로 찾았고, 책도 찾아 읽고 영상도 찾아 보며 공부했다. 알면 알수록 그 심각성에 대해 깊이 깨달으면서 내 다짐은 더 단단해졌고, 그즈음 더 이상 고기를 먹지 못하게 됐다. 이런 내게 임순례 감독님은 걱정 어린 조언을 하셨다.

"효리 씨, 의욕은 좋은데 실상을 알게 되고 실제 현장에서 함께하다 보면 끔찍하고 잔인함에 못 견딜지도 몰라요. 그래서 떠난 사람들도 많고요. 너무 괴로우니까. 마음 굳게 먹어야 해요."

그래도 도망치지 않으리라.

어제보다 오늘, 오늘보다 내일.

너무 느려 그 움직임이 보이지 않더라도

멈추지 않으리라.

금빛 태양이 비출 그날까지.

다시
숨을 쉬다

•

그런 이야기가 있다.
잠자는 사람은 깨울 수 있어도,
잠든 척하는 사람은 깨우지 못한다는.
나는 다행히 잠자는 사람이었다.
그래서 깨어나 진실을 똑바로 볼 수 있었다.
그렇게 다시 숨을 쉴 수 있었다.
그래서 생각하게 됐다.
누군가도 나와 같지 않을까?

그러니 나의 이야기가
누군가의 잠을 깨우는,
한 줄기 바람이 되기를.

우리는 오늘도
당신을 기다립니다

•

유기견 보호소.
버림받은 개들이 주인을 찾거나 새 주인을 만나거나
생을 마감하는 곳입니다.
시보호소와 사설보호소는 시설이나 방침의 차이가 있지만
애타게 주인을 기다리는 개들이 머무는 곳이라는 것은 동일합니다.
이곳에서 개들은 하염없이 주인을 기다립니다.
기한은 열흘입니다.
그 안에 주인이 나타나지 않으면 안락사를 시켜야 합니다.
물론 개들은 모르죠.
그러나 죽음보다 더 고통스러운 건 외로움과 그리움입니다.
작은 우리 안에서 고독에 사무쳐 없던 병이 생기고
시름시름 앓기도 합니다.
그러다 열흘이 지나면
재회의, 혹은 새로운 만남의 꿈은
주사바늘이 살을 타고 들어오는 순간 끝이지요.

한 마리당 오만 원.

개로 태어나 세상에 남긴

마지막 흔적입니다.

오늘도 우리는

당신을 기다리고 있습니다.

나를 찾아주세요.

나를 찾아주세요.

유기견
보호소

•

사설보호소는 시보호소에서 안락사 당할 뻔한 개들이 구출돼 오거나, 시보호소로 가지 못한 버려진 개들이 찾아가는 곳이다. 제2의 기관이라고 할 수 있다. 그러나 생명을 조금 더 유지하는 대가로 많은 것을 포기해야 한다. 깨끗한 환경, 배부른 식사, 가장 기본이 되어야 하는 것들을. 물론 모든 사설보호소의 개들이 그런 것은 아니지만 대부분 사설보호소의 개들의 삶은 처참하다. 주로 개인이 불쌍한 동물을 외면하지 못해 시작하기 때문에 재정이 넉넉하지 않기 때문이다. 시보호소처럼 병원비나 사료비가 지원되지 않는다. 후원금으로 생활하지만 중성화 수술이 잘 이뤄지지 않아 기하급수적으로 늘어나는 동물들을 먹여 살리기엔 역부족이다. 게다가 버려지는 동물들은 줄지 않는다. 거기에 쓰레기라고 볼 수밖에 없는 곰팡이 핀 사료를 몇 톤씩 내려놓고 홀가분하게 가버리는 회사들도 있다. 그런 사료를 보고 자식 같은 동물들이 안쓰러워 사람이 울기도 한다. 인간에 대한 분노와 또 다른 인간에 대한 애틋함과 안타까움이 동시에 치민다.

그리고 사설보호소는 대부분 무허가 건물이다. 그래서 적어도 이 년에 한 번씩 다시 살 곳을 찾아야 하고, 견사를 다시 짓고 몇십 몇백 마리의 개들을 끌고 이사를 해야 한다. 돌고 도는 악순환.

나는 사설보호소에서 봉사활동을 하면서 많은 것을 얻었다. 우선 순심이를 만났고, 진짜 내가 해야 할 일이 무엇인지 선명해졌다. 적게는 이백 마리에서 많게는 이삼천 마리가 생활하는 사설 유기견 보호소. 이곳을 살리는 것이 몇 주에 한 번 찾아가 똥을 치워주고 밥을 챙겨주는 일로 끝나지 않는다는 걸 알았다.

세상에 알려진 '이효리'라는 이름을 이용해보기로 한다. 여론을 모으고, 캠페인에 힘을 쏟기로 한다. 가식이야, 거짓이야, 속임수야 식의 나를 향한 비뚤어진 손가락질은 못 들은 척하면 그만이다. 진실이 아니니까. 지치지 않는 의심의 눈초리, 그것도 상관 없었다. 나는 내가 해야 하는 일들과 하고 싶은 일들에 시간을 쏟는 것만으로도 바쁘다. 울고 있을, 나를 향한 손가락질에 대응하는 시간조차 아까울 만큼.

힘들어도
별 수 없지

•

처음 봉사를 간 곳은 천안에 있는 반송원. 카라 회원과 마음맞는 팬들과 찾아간 반송원의 소장님은 일흔이 다 되신 할아버지. 할아버지는 몇백 마리의 주인 잃은 개와 고양이들과 살고 있었다. 그 많은 개들을 할아버지 혼자 돌보기엔 역부족이었을 것이다. 세끼 챙겨주는 일만 해도 하루가 다 갈 것 같은데.

"힘들지 않으세요?"

"힘들어도 별 수 있나. 이 불쌍한 애들을 두 번 버릴 수는 없잖아."

우문현답. 돌아오는 답에 끄덕인다. 그렇지, 버려진 아이들을 또 버릴 수는 없는 노릇이다. 측은지심. 마음에서 그치지 못하고 가진 하나를 나누어 내어놓는, 그것은 사람을 향한 것만은 아니다. 할아버지나 이곳을 찾아온 우리들이나 같은 마음일 것이다. 두 팔을 걷어붙인다. 오늘은 우리 몫이다.

그런데 뭐부터 해야 하나? 견사는 미처 치우지 못한 오물이 가득했고 대부분의 개들은 씻지 못한 데다가 오물 사이를 지나다니느라 털이 뭉치고 피부가 갈라지는 등 성치 않았다. 우선 청소를 좀 하자. 오물 냄새가 코를 찌르는 견사로 들어가 정리를 하는데, 갑자기 들리는 후다다다다다닥 소리. 눈 깜짝할 사이에 쥐들이 사방으로 흩어졌다. 개보다 더 많아 보이는 쥐들. 처음엔 놀라 소스라쳤지만 지금은 익숙하다. 이제는 쥐가 나오면, '어? 쥐다. 빨리 쫓아내고 청소해야지!' 한다. 선수가 다 됐다.

그런데 처음 봉사활동을 하러 출발하기 전에 카라 회원들이 당부한 게 있었다. 보호소에 가면 개 한 마리 한 마리 쓰다듬어주고 사랑을 나눠줄 틈이 없다, 당장 급한 일부터 해결해야 한다, 도착해서도 무조건 만지지 마라는 등의 당부가 이어졌다. 하도 차갑게 이야기해서 이들이 동물을 좋아하는 게 맞나 의아했는데 한 번 두 번, 봉사 현장을 거듭 경험하면서 그 이유를 뼈저리게 느끼고 있다. 견사 가득한 오물을 빨리 치워줘야 하는데 어느 한 마리만 유심히 살필 여유가 없고, 일단 주린 배를 채워주는 게 먼저지 밥그릇 하나하나 닦아줄 시간이 없다. 사랑하지 않아서가 아니라 사랑하기 때문에 사랑을 줄 수 없다. 이 무슨 드라마 같은 이야기인지.

반송원 첫 방문 후 적어도 한 달에 한 번은 꼭 봉사활동을 가려고 한다. 봉사활동이라야 하루 가서 똥 치워주고 밥 주는 게 전부지만 사람이란 안 보면 금방 잊으니까. 특히 나처럼 기억력이 그리 좋지 않은 사람은 자꾸 봐야 한다. 작은 결심이나 다짐들은 화려하고 바쁜 생활 속에서, 반짝이는 조명 아래에서 바스러지기 쉽다. 정기적으로 가서 눈으로 보고 내 몸을 움직여야 처음의 다짐을, 그 마음을 기억할 수 있을 것 같아서 봉사 가기로 한 날은 가능한 다른 일 제쳐두고 보호소로 달려간다.

111030 어제 저녁은 동물자유연대 대표님과 직원 분들과 식사를 했습니다.
열악한 환경에서 열심히 일하시는 분들 밥 한 끼 사드리자는 생각에
만난 자리였는데요. 직원들은 전에 일하던 회사 연봉의 반, 누구는 3분의 1받고
일은 두 배 세 배 하고 계신 상황이었습니다.
어떻게 그럴 수 있냐고, 뭐가 그럴 수 있게 만드냐는 질문에, 발 한 번 잘못 담갔다
발목 잡힌 거지요, 허허허 하고 웃습니다. 그 말 속에 담긴 그들의 진심에
맘 한 켠이 뭉클. 앞으로도 치열하게 일할, 자신보단 다른 무언가를 위해
열정을 쏟는 그들을 응원하겠습니다.

언젠가는

•

매년 여름이면 부모님과 나 사이에는 냉전기류가 흐르곤 한다. '개는 개, 사람은 사람'이라는 확고한 가치관을 갖고 있는 부모님에게 보신탕이란 음식의 한 종류에 불과하기 때문이다. 아무렇지도 않게, "효리야 나와서 먹어라" 하는 엄마 아빠에게 "안 먹어!"라며 쏘아대고 방으로 들어갈 때면 부모님을 이해하지 못하는 것도 아니면서 괜히 속이 상한다. 먹을 거리가 귀하던 시절, 가난했던 엄마 아빠에게 보신탕은 그저 보양식이겠지만 나로서는 이제 다른 맛있는 것들도 많은데 '그거 안 먹으면 안 되나?' 하는 생각을 떨쳐버릴 수 없다. 그렇게 부모님을 외면한 채 방으로 들어와 앉으면, 결국 펄펄 끓는 솥에 들어가 생을 마쳤을 메리가 생각나 더 속이 상했다. 그런데 그날, 메리를 보았다.

봉사활동 품앗이를 하기로 하고 제동 오빠가 보호소 봉사활동에 함께 와준 날이었다. 봉사활동 품앗이라니, 오빠와 내가 이런 거래(?)를 하게 될 줄이야. 유기견 보호소 봉사활동은 오빠에게 첫경험이었지만, 이미 이런저런 다른 봉사로 잔뼈가 굵은 오빠는 처음인데도 일을 척척 잘 했다. 서로 말할 시간도 없이 견사 청소를 하고 개들을 한 마리씩 내보내 목욕을 시키고 나서야 잠시 쉴 수 있었다. 견사 뒤꼍으로 가 숨을 돌리려는데, 이상하게 개 짖는 소리가 서라운드로 들린다 했더니, 보호소 바로 뒤에 식용견 견사가 있었다. 백구 한 마리가 우악스러운 아저씨 손에 뒷다리를 잡힌 채 끌려가는 모습을 봤다. 녀석은 애처롭게 울었다. 짖지 않고, 울었다. 나는 차마 보지 못하고 고개를 돌렸다.

백구는, 또 다른 우리 메리였다.

눈물이 왈칵 쏟아졌지만 같이 봉사 온 사람들이 있어 차마 티는 못 내고 있는데 옆에 서 있던 제동 오빠가 아무 말 없이 내 등을 두드렸다. 보호소의 열악한 환경에서 살고 있는 개들을 보고도 울지 않았는데 먹잇감이 되어 잡혀가는 백구를 보자 참을 수 없이 눈물이 터져 나왔다. 아무것도 해줄 수 없는 무기력한 내 자신이 얼마나 한심했는지 모른다.

보신탕도 하나의 음식이고 특히 우리나라에서는 오래 전부터 먹어 왔다는 식의 이미지라는 것을 알고 있고, 그걸 부정할 생각도 없다. 다만 왜 하필이면 왜 그런 문화가 생긴 걸까? 너무 어렵게 살아서 어쩔 수 없는 걸까? 그런 의문과 안타까움이 있었다. 그런데 우연히 읽게 된 『보카(BOKA), 늑대의 왕국』이라는 책에 의하면 처음부터 우리나라에 개를 잡아먹는 풍습 같은 건 없었다고 한다. 오히려 우리는 개를 신성시하는 민족이었다고.

보카(BOKA)는 발해를 가리키는 말이다. 늑대를 시조로 삼았던 흉노, 돌궐, 몽골 등의 막강한 유목 국가와 함께 고구려도 개를 저승길잡이(영혼을 인도하는 동물)로 여겼단다. 고구려를 이은 발해는 보카, 즉

'늑대'라는 의미로 이것은 곧 발해가 늑대의 왕국임을 뜻한다고 했다. 특히 고구려는 개를 사랑했는데 당시 벽화를 비교해보면 중국에는 개를 잡아먹는 그림이 남아 있지만, 고구려 사람들은 무덤 벽화에 반려견을 그려 넣었다고 한다. 또한 이후 불교 문화가 정착되면서 개고기 식용은 있을 수 없는 일이었고 조선 건국 후에 농경 사회에 들어서면서 개고기를 먹는 사람들이 생겨났다고. 어디까지나 가난한 사람들이 자구책으로 먹던 것이 일제 시대를 거치면서 잘못 알려졌다고 한다. 서양에서 개고기 먹는 일을 비근대적이고 야만적인 관습으로 여기고 극도로 혐오한다는 사실에 주목한 일본이 '조선은 전통적으로 개고기를 먹는 나라' 라고 이미지화 시켜버렸다는 이야기다.

그게 사실이라면 정말 기막힌 일이다. 이제 와서 절대 먹으면 안 된다고 할 수는 없겠지만 원래부터, 전통적으로 우리가 먹어왔던 건 아닌데 잘못된 인식이 퍼져 있다는 게, 그것이 개고기에 대한 하나의 근거가 된다는 게 너무 안타깝다.

가끔 메리는 꿈속에 나타나 슬픈 얼굴을 하고 돌아선다.

그런 날이면 잠에서 깨어나고도 마음 한구석이 무겁다.

언젠가는 메리와 같이 떠나보내는 개들이 없었으면 좋겠다.

꽃밭에

있다

•

"결혼하고 애가 생기면 아이 엄마들끼리 어울리는 게 제일 편해. 처녀적 친구들은 잘 안 만나게 되더라고. 관심사가 달라져서 말야."

그때는 그냥 그런가 보다 했다. 그런데 이제 그 말에 절대 공감한다. 예전에 놀고 마시고 즐기며 만났던 친구들을 요즘은 잘 못 본다. 대신 키우는 개, 고양이 얘기 하고 같이 봉사활동 가는 친구들을 자주 본다. 다해나 승아, 은진이, 요니 언니 다 그렇게 친해진 사람들이다. 정화 언니나 재형 오빠도 만나면 늘 개 이야기. 엄마들이 자랑하듯 우리도 모이면 늘 각자 키우는 동물 자랑에, 고민에 여념이 없다.

알고 지내던 친구들 말고도 만날 기회가 없어 친해지지 못했던 혜수 언니나 김효진 씨 같은 사람들과 알게 된 것도 이 일들을 하게 되면서부터다. 공개적으로 이야기를 하고 일을 자꾸 벌이니 먼저 전화를 걸어와 동참하고 싶다고 하는 사람들도 많다. 하나같이 하는 말이 그동안 방법을 몰랐다고 한다. 내가 임순례 감독님께 전화를 걸었던 그 마음과 같을 거란 생각이 든다. 얼마나 다행인지. 마음이 없는 게 아니라 몰라서라니 말이다. 알게 됐으니 이제 일어나 움직이면 된다.

연예인들뿐만이 아니다. 봉사활동 가서 만난 봉사자들에게 종종 물어보면 봉사활동을 한 지 칠 년, 십 년 되었다 하는 분들이 여럿이다. 알고 보니 매달 빠듯한 월급에서 일정 금액을 꼬박꼬박 기부하는 사람들도 많았다. 연예계 생활하면서 주로 나 자신만을 위해 움직여 왔기 때문에, 들리는 이야기들도 다 그런 소식들이 많아서 남들도 다 그런 줄로 알았는데, 세상 참 각박하다 여겼는데 아니었다. 보이지 않는 곳에 꽃들이 피어 있었다. 그걸 보지 않은 건 나였다.

아름다운 사람들.

꽃 같은 사람들.

요즘에서야 나는 가치관이 비슷한 사람과의 만남이 얼마나 기쁜 일인지 새삼 깨닫고 있다. 연예인이고 아니고를 떠나 그저 동물을 사랑하는 '우리'로 만나 나누는 대화가 깨알 같은 행복을 준다. 그러고 보니 내가 지금 꽃밭에 있구나. 나도, 같이 하는 사람들도 꽃으로 피어 있는 거로구나.

참,

좋다.

환영합니다

여러분

•

유기견 보호소의 봉사활동은 전문가의 손길이 많이 필요하다. 물론 아무것도 할 줄 몰라 힘 쓰는 일을 도맡아 하는 나 같은 봉사자도 있어야 하지만, 미용 봉사자나 수의사 선생님들도 함께 가면 환상의 조합이 된다. 그러니까 트위터에 공개적으로 봉사 공지를 올리는 것은 이런 환상의 조합을 만들기 위한 작은 노력이기도 하다. 그 흔한 미니홈피 한 번 하지 않았던 내가 트위터를 시작한 것도 이런 이유에서였다. 트위터라면 다양한 메시지를 전달할 수 있을 것 같았다. 더불어 소소한 일상적인 이야기들도 하게 되는데 요즘은 별말 아닌 것도 기사가 되는 터라, 게다가 종종 억측과 왜곡이 되는 터라 살짝 부담이 되기도 한다. 하지만 각계 각층의 봉사자들을 모으기에 트위터만큼 좋은 게 없는 것 같아 트위터리안 이효리는 계속 되지 않을까 싶다.

그동안 유기견 보호소 봉사를 하고 싶었는데 방법을 몰랐던 분들, 용기가 없어 나서지 못했던 분들, 언제든 환영합니다! @frog799로 멘션을 날려주세요. ^^

그곳에는
사람도 있더라

•

"후우…… 효리야, 여기야말로 진짜 도움이 필요한 곳인 것 같다."

제동 오빠도 유기견 보호소가 어느 곳 못지 않게 도움의 손길이 필요한 곳이라 인정할 수밖에 없었다. 오빠를 주축으로 움직이고 있는 트위터의 '몸뚱아리당(머리가 아닌 몸 — 이게 중요하다 — 이 필요한 일이면 어디든지 달려가 몸을 바쳐 돕는 사람들의 모임이다. 역시, 모두 끝내주게 일을 하더라.)' 회원들을 이끌고 함께 봉사를 왔던 날이었다. 그날 찾아간 곳은 할머니 할아버지 부부 소장님이 운영하는 사설보호소였다. 노인 두 분이 이삼백여 마리의 개와 고양이들을 돌보고 있었는데 한눈에 보기에도 힘에 부쳐 보였다.

개들도 개들이었지만, 두 분의 생활도 걱정이었다. 두 분의 방 안 가득했던 빈 병, 개똥, 신문지, 온갖 쓰레기들. 견사 청소와 개 목욕을 마치고 사료를 나눠준 뒤 우리는 모두 두 분의 방 청소를 위해 모였다. 청소를 시작하려는 찰나였다.

"그걸 왜 치워? 전부 쓸 데 있으니 하나도 건드리지 마!"

"할아버지, 여기 전선이 다 드러나 있어서 잘못하면 감전돼요. 이 전기장판 버리고 새 걸로 사드릴게요."

"필요 없어. 필요 없으니까 방에서 나가!"

나는 속이 상해 울고, 제동 오빠는 두 분을 설득하고. 다행히 이야기가 잘 돼서 이불 빨래도 하고 청소도 하고 오긴 했지만 그렇게 거부하실 줄은 몰랐다.

사설보호소이다 보니 보호소마다 시설과 환경이 천차만별이다. 인터넷 상의 카페가 활발히 운영되면서 도움의 손길이 자주 닿는 곳은 그나마 좀 낫지만 지역적으로나 규모 면에서 도움을 받지 못해 애를 태우는 곳이 꽤 많다. 게다가 많은 소장님들이 단지 동물이 좋아 시작한 이 일 때문에 정신적인 고통을 받고 있기도 하다. 정부의 지원 없이 후원으로 생활해야 하는 상황이라 사료를 준비하는 것만으로도 벅차서 본인은 라면으로 끼니를 때우거나 그마저도 거르기 일쑤인 분들도 있다.

나처럼 동물 좋아하는 사람도 종일 몇백 마리의 개들이 짖어대는 걸 듣고 돌아오면 머리가 아프고 온몸이 녹초가 되는데, 그걸 매일 겪는 그분들은 오죽할까? 정신적으로 안정과 여유를 찾기 힘든 환경에 노출되어 있어 심리적으로 불안정한 분들도 많다고 한다. 한편, 마음에 여유가 없고 표현이 서툴러, 봉사를 온 사람들에게 싫은 소리를 하거나 너무 의존하게 되는 경우도 종종 있다. 그래서 봉사자들 중에는 좋은 마음으로 시작했다가 사람에게 실망해서 떠나기도 한다. 도와주려고 왔는데 안 좋은 소리만 잔뜩 들으면 속상할 수도 있고, 마음이 상하는 것도 당연하다. 그렇게 사람들의 발길이 뜸해지면 보호소는 더 어려워지고 개들은 그 피해를 고스란히 받는다. 소장님들도 힘들긴 마찬가지다. 그러니 한 번만 더 생각하고, 내가 그 입장이라면 어땠을까 이해하면서 발길을 끊지 않았으면 좋겠다.

흔히 유기견 보호소 봉사라고 하면 동물만을 위한 일이라고 생각하지만 그 안에 우리가 버린 동물들에게 인생을 내준 소중한 사람들이 있다. 누가 시키거나 부탁한 일은 아니지만 분명 필요한 일들이다. 그리고 무엇보다 우리가 버린 양심을 거둬주는 분들이다. 그래서 가진 소망 하나. 개를 위한 봉사뿐만 아니라 소장님들의 마음을 치유해줄 수 있는 전문가들의 봉사도 활발히 이루어지면 좋겠다. 생명을 거두고 돌보는 그분들은 존중받고 대접받아 마땅한 분들이니까.

엄마 개의 눈물

•

개 공장. 듣기만 해도 끔찍한 말이다. 그 말도 안 되는 반인간적인 공장에는 작은 우리 안에서 햇빛 한번 보지 못하고 기형적으로 생식기만 발달한 채 갇혀 있는 슬픈 엄마 개와, 역시 작은 우리 안에 갇혀 오로지 교배만을 위해 사느라 뼈가 앙상한 아빠 개가 있다. 그들은 인간을 위해 쉴 틈 없이 상품을 생산해낸다. 생존의 기본적인 어떤 것도 지원받지 못한다. 보살핌은 꿈도 꿀 수 없다. 새끼를 배고 낳고를 반복하다 능력이 다하면, 개소주가 되거나 약재상으로 팔려간다. 철저하게 모정도, 부정도 유실된 개 공장. 분명히 그들도 움직이고 체온이 있는 생명임에도.

펫 숍 안에서 노란 조명을 받고 귀여운 모습으로 단장하고 있는 강아지들이 어디서 왔는지 우리는 생각하지 않는다. 그 강아지들의 부모가 어떤 개인지, 어떻게 태어나 이곳에 와 있는지 비밀에 싸여져 있고 그 누구도 알려고 하지 않는다. 애견 산업이 좀 더 일찍 시작되고 발전된 외국의 경우에는 개를 사려면 복잡한 절차가 필요하다. 모견에 대해서 알아보고 직접 개 농장을 찾아가기도 한다. 그러나 우리는 눈앞에 보이는 귀여운 강아지 이전의 일에 대해서는 관심이 없다. 그건 나와는 아무 관련이 없다고 생각하기 때문이다.

개인적으로 동물들을 사고파는 펫 숍 대신 다른 쪽으로 펫 산업을 확장해 발전시켜야 한다고 생각한다. 반려동물을 키우면서 필요한

생필품이나 의류, 식품 등으로 시선을 돌려 동물 자체를 상품화하는 일이 없기를 바란다. 쇼윈도에 진열된 동물들을 아무런 문제 의식 없이 보고 사는 사람들도 문제다. 수요가 없으면 공급도 없어지기 마련인데.

더한 얘기도 들었다. 인터넷으로 개를 주문하는 일도 있다고 한다. 개가 택배 상자에 담겨 배달됐다는 얘기를 듣고 경악했다. 마트에 가면 늘어서 있는 토끼와 햄스터들. 아이들은 아무렇지 않게 물건을 고르듯 생명을 골라 가진다. 그리고 병이 들거나 싫증이 나면 장난감 버리듯 치워버린다. 생명에 대한 존중 없이 소유한 아이가 죄책감이나 미안함을 느끼기는 쉽지 않겠지. 그 아이가 커서 어른이 되면 옷을 사듯 동물을 사고 헌 옷을 버리듯 쉽게 버릴 수 있지 않을까? 이런 생각들을 하다보면 나라에서 정책적으로 법을 만들고 불합리한 것들을 금지시켜야 하고 국민들의 여론도 달라져야 하지 않나, 이런 데까지 생각이 이른다.

그래도 내가 이름 석자 알려진 사람이라는 게 너무 다행스럽다.
미진하겠지만 내 작은 목소리라도 귀를 기울여주니까.
그리고 그렇게 귀 기울이고 행동으로 옮기는 이들이 있어
진심으로 감사하다.

하나를 하면
다 한 것

•

틱낫한 스님의 책을 좋아하는데 책 속의 여러 구절들은 인생을 사는 데 많은 도움이 된다. 어쩔 수 없이 다시 쉬어야 했을 때 "멈추는 것이 행복의 기본 조건"이라던 글귀가 큰 힘이 되어줬다. 그리고 동물보호 활동을 시작한 요즘 나에게 힘이 되는 스님의 말씀은 이거다.

"하나를 하면 다 한 것이다."

트위터로 동물보호 관련 소식을 전하고, 봉사자를 모으고, 유기견 돕기 바자회를 열거나 기금 마련을 위해 노래를 부를 때마다 도와주고 칭찬해주는 사람들이 많다. 반면에 어려운 사람들부터 돕지 그깟 동물이 대수냐며 곱지 않게 보는 사람들도 있다. 하지만 나는 동물과 사람을 분리시켜 생각하지 않는다. 둘 다 똑같은 이 사회의 약자라고 생각한다. 또한 동물에 대한 사랑 없이 사람에 대한 사랑도 없을 거라고 믿는다. 모든 생명에 대한 존중이 밑바탕이 되어야 사람도 존중할 수 있는 것 아닐까? 사람과 동물 그리고 환경은 떼려야 뗄 수 없는 유기적인 관계 속에 놓여 있는 거니까.

예전의 내가 아무것도 모르는 눈뜬 장님이었다면, 동물에 관심을 가지고 활동하는 지금의 나는 사회의 이면도 보는 시야를 갖게 됐다. 예전에는 뉴스나 방송도 연예, 패션 분야만 관심이 갔는데 이젠 사회면을 챙겨본다. 혹시나 동물들에게 안 좋은 일들이 벌어지고 있는 건 아닌지, 새로운 보호법이 생기는지 살펴본다. 그러면서 사회의 또 다른 일면들도 함께 기억한다. 그동안 거대한 소용돌이에 휩쓸려 어디로 가는지 모른 채 헤맸는데, 이제 소용돌이에서 빠져 나와 비로소 땅에 발을 딛고 돌아가는 세상을 제대로 보고 있다.

굶어 죽는 아이들, 고독하게 세상을 떠난 노인들, 처참한 환경에 놓인 북한 어린이들, 외면받는 장애인들, 어딘가에서 학대받는 이들, 도움이 필요한 곳이 너무 많다. 그리고 그중에서 나는 마음이 끌리는 것부터 시작했다. 지구상의 약자 중에서도 가장 밑바닥에 있는 동물들. 왜 유독 동물 문제에 마음이 더 가는지 나 자신도 알 수 없지만 어쩌겠는가. 심장이 제일 먼저 움직이는 곳이 그곳인 것을. 하지만 거기에서부터가 시작이라고 믿는다.

하나를 하면 다 한 것이다.

내가 시작한 것이 하나일지 모르지만
그 안에는 모든 것이 담겨 있다.

할머니
건강하세요

•

서울의 한 지역에 연탄 지원 봉사를 갔던 날, 바람 쌩쌩 부는 영하의 날씨에도 작은 전기장판에 의지해 앉아 계시던 할머니.

속이 상해 물었다.
할머니, 방이 왜 이렇게 차요?

"노인네 혼자 사는데 뭘. 난방비 아깝게."

연탄 두고 가니 아끼지 말고 때시라 신신당부 했는데
덤덤히 돌아오는 답에 가슴이 메인다.

"죄 많은 인생, 따뜻하게 지내는 것도 사치 같아. 아주 추운 날 아니면 불 안 때."

울컥하는 눈물을 꾹꾹 눌러 참고 우는 대신 웃었다.
할머니, 아프지 마시고 건강하게 오래오래 사세요.
할머니는 허허허 웃으며 손사래 치신다.

"오래 살면 아가씨처럼 고운 젊은 사람들 힘들게만 하지 뭘. 나 같은 노인네는 빨리 저 세상 가는 게 여러 사람 편하게 하는 거야."

할머니는 그렇게 말씀 하시면서도 사람이 그리워 잡은 손을 놓지 않았다.

"도시락 갖다 주는 사람이랑 복지사 선생 아니면 사람 볼 일이 없는데 이렇게 북적북적하니 신나고 좋네. 나는 좋고 괜찮은데 젊은 사람들이 힘들어서 어째."

어르신들의 주름진 손을 잡고 앉아 눈을 마주치고 이야기를 나누는데, 그게 그리 특별한 일은 아닌데 왜 그렇게 눈물이 나던지. 주중에 교회에서 나눠주는 도시락을 드시고, 주말이면 그마저도 없어 말 그대로 굶기를 밥 먹듯 하신다는 어르신들. 주머니에 가지고 간 현금을 탈탈 털어드리고, 연탄을 쌓아놓고 돌아오면서 왜 진작에 알지 못했나 싶어 가슴이 아파 혼났다.

아주 오래 전에 살던 동네와 비슷해 잠시 추억에 젖기도 했으나 그마저 죄송할 만큼 옛 추억 뒤에 숨어 있던 애처로운 현실. 수십 년 동안 변하지 않은 채, 그 모습 그대로 남아 있던 그 골목에는 박제처럼 자리를 지키며 외로움에 하루를 맡긴 할머니 할아버지가 살고 있었다. 그 마포 어느 산동네에서 난 내가 가야 할 또 하나의 길을 보았다.

동물을 진짜 사랑하세요?

•

유기동물을 입양해서 키우는 사람들 중 일부러 아프거나 죽기 직전의 아이들을 데려와 키우는 이들을 봤다. 자기 개도 아프거나 늙으면 돌보기 힘들다. 돈이 많이 든다고 해서 버리기 일쑤인데 참 대단하다는 생각이 든다. 아픈 개들을 돌보는 것도 힘들지만 떠나보낸 후 그 헛헛함까지도 온전히 겪는 그런 분들 앞에서 나는 한없이 작아진다.

얼마 전 청담동에 최고급 명품 동물병원에 들른 적이 있다. 호텔비가 십만 원이 넘고 넓은 잔디밭에, 최고학력의 수의사들이 있는 정말 고급스러운 곳이었다. 그곳에 가니 참 좋구나 라는 생각과 함께 보호소에 있는 아이들이 생각났다. 아파도 변변히 치료도 못 받는 녀석들. 이런 잔디밭이나 호텔은 꿈도 못 꿀 녀석들. 하지만 그 병원에 있던 개들만큼 예쁜 녀석들. 고놈들도 여기에서 치료받고 미용해주면 다들 그럴 듯해 보일 텐데.

내가 더 열심히 해야겠다. 결론은 그것!

여러분을 기다리고 있습니다

•

순심이는 믹스견이에요. 흔히 똥개라고 하지요. 무시당하기 일쑤인 똥개라지만 사실 어느 혈통 있는 개보다 똑똑한데요. 우리 순심이만 해도 얼마나 예쁘고 귀엽고 총명한지 몰라요. 나설 데 안 나설 데 가릴 줄도 알고 조그만 게 신중하기까지 하다니까요.

순심이를 만난 건 알려진 대로 입양을 해서였죠. 사실 이 녀석을 입양하기로 마음먹은 데는 믹스견이라는 이유도 컸어요. 함께할 가족을 찾는데 혈통이 얼마나 무의미하고 부질없는 일인지 알리고 싶었기 때문이에요. 언제부터인지 모르겠는데 우리나라는 유독 보여지는 걸 중요하게 여기는 것 같아요. 옷도 브랜드가 있어야 잘 나가고 차도 외제차면 더 좋고 유명한 학교를 나온 엘리트만 인정받는 사회. 우습게도 반려동물을 선택할 때에도 그런 걸 따져요. 혈통 있는 개인지 살피고 심지어 유행을 따라가기도 하고요.

수년 전 어느 연예인의 개 이야기가 방송에 나오고 난 후, 그 당시 그 견종이 유기견으로 가장 많이 발견되었대요. 〈1박 2일〉에 상근이가 나온 후로는 그레이트 피레니즈 같은 큰 덩치의 개들을 찾는 사람도 늘었다고 하고요. 이렇게 몸집이 큰 개들은 생각 이상으로 금방 크고 많이 먹고 많이 싸고 손이 많이 가서 웬만해서는 감당이 안 돼요. 그런데 거기까지 생각하지 않고 사서 키우다 감당이 안 되자 버리는 거죠.

생각해보면 당황스러운 일이에요. 유행이라는 단어와 반려동물을 나란히 놓을 수 있다는 것이요. 게다가 요즘은 마트에서도 손쉽게 살 수 있다고 하는데 반려동물을 상품, 그 이상도 이하도 아니라고 생각하기 때문에 가능한 얘기가 아닐까요? 하지만 이들은 생명입니다. 반려동물을 선택하는 것은 친구를, 가족을 맞이하는 일이에요. 그걸 물건 사듯 진열된 것 중에서 예쁜 것으로 고른다니 생각할수록 안타까워요.

유기견은 더럽고 병들고 떠돌던 개가 아니에요. 언제 어디에선가 사랑 받았던 개죠. 사람들의 변덕으로 버려졌을 뿐이에요. 순심이를 키워보니 주인에 대한 애정과 충성심이 더 강해요. 자랑할 거리가 가득하지만 팔불출 엄마로 보일지 모르니 자제할게요.

하고픈 말은 이거예요.

동물을 가족으로 맞이하고 싶다면 사지 말고 입양하자는 거예요.

유기동물을 살리는 일이고

유기동물을 돌보는 사람을 살리는 일이고

멀리는 사회에 도움이 되는 일이에요.

거창하다고요?

그게 사실이에요.

미국 할리우드에는 버려지거나 보호받고 있는 시설의 개만

판매할 수 있도록 법이 바뀌었다고 하죠?

우리나라는 아직 거기까지는 못 미치니 우리가 직접 움직여야죠.

보호소를 한번 찾아가 보세요.

순심이 버금가게

똑똑하고 예쁜 친구들을 만날 수 있어요.

그런 아이들이

지금도 여러분을 기다리고 있어요.

욕심 부리는 삶보다

버리는 삶에서

찾은 가치

PART 4

풀 만찬

I'm full

베지테리언

•

1 락토 오보 베지테리언(Lacto Ovo Vegetarian)

달걀과 유제품을 먹는 가장 대중적인 채식주의자

2 락토 베지테리언(Lacto Vegetarian)

유제품까지는 먹는 채식주의자

3 비건(Vegan)

달걀과 유제품마저 먹지 않는 철저한 채식주의자

채식주의자들은 이렇게 세 단계로 나뉜다. 그리고 대부분 자연스럽게 1단계에서 2, 3단계로 발전해간다. 나 또한 락토 오보 베지테리언으로 시작해 점점 2, 3단계를 향해 가는 중이다.

이왕이면

•

물론 처음부터 채식주의를 했던 것은 아니다. 나는 애주가였고 고기를 좋아하던 사람이었다. 식성이 까다롭지 않아서 소위 부속물이라 하는 곱창, 막창, 족발에 껍데기까지 두루 섭렵하기도 했다. 그러나 이제는 먹지 않는다. 아니, 먹어지지 않더라. 동물보호 활동에 관심을 가지고 이면의 사실들을 알게 되니 자연스럽게 그렇게 됐다.

그런데 채식주의를 공언하고 문제가 터졌다. 한우홍보대사로 활동을 했던 이력 때문이었는데 '국산소고기 먹자고 하더니 채식주의 하자고?' 그렇게 받아들였던 것 같다. 채식주의를 한다는 기사가 나간 건 홍보대사 계약이 끝난 후였음에도 항의가 들어왔다. 충분히 그럴 수 있다고 생각한다. 사실, 내가 그 일을 하겠다고 했던 건 단순한 이유에서였다. 그때는 고기를 먹을 때라 이왕 먹을 소고기라면 우리나라에서 나고 자란 고기를 먹어 한우 농가에 도움이 되면 좋지 않을까, 라고 생각했던 것이다. 나는 '국산'에 방점을 찍었다면 사람들은 '(소)고기'에 의미를 둔 탓이고, '나는' 채식주의 하겠다는 의미를 '당신도' 고기 먹지 마세요, 라고 받아들인 까닭이다.

그리고 이제와 알게 된 사실이지만, 그때까지도 나는 우리가 먹는 소나 돼지는 광고의 한 장면처럼 푸른 목초지에서 풀을 뜯으며 자라고, 쓰임이 다하고 난 후 식용으로 처리되는 줄 알았다. 그런데 사실은 그리 아름다운 풍경이 아니었다. 식용을 목적으로 하는 대부분의

동물들이 어떻게 키워지는지 알았더라면 아마 홍보대사 제안을 고사했을 거였다. 동물보호 활동을 하면서 우리가 먹는 고기가 어떤 경로를 거쳐 눈앞에 놓이는지를 알았고, 나는 채식을 선택했다. 그러니 정확하게 말하면 나는 육식 자체를 반대하는 게 아니라 공장식 사육을 통한 육류를 먹지 않겠다는 것이다.

공장식 사육은 어마어마한 양의 육류 소비를 충당하기 위한 시스템으로 자리를 굳혀가고 있다. 여러 미디어를 통해 그 실태가 고발되기도 했고 「숨」이나 여러 책들, 다큐멘터리 등을 통해 그것의 실태가 낱낱이 드러나기도 했다. 나 또한 그런 매체를 통해서 현실을 알게 됐는데 특히 『생추어리 농장(Farm Sanctuary)』이라는 책을 읽고 많은 생각을 하게 됐다. 이 책은 진 바우어라는 사람이 아무렇게나 버려진 동물들을 위해 비영리조직으로 만든 농장의 이야기다. 이 농장을 만든 과정과 그곳에 사는 동물들의 사연, 공장식 사육의 잔혹한 행위 등이 고스란히 담겨 있다. 그는 어느 가축 수용장에 딸린 사체 처리장에서 숨이 붙어 있던 양, 힐다를 발견한 것을 시작으로 버려진 동물들을 구출해 보살피기 시작했다고 한다. 그리고 지금까지 수천 마리의 소, 돼지, 닭, 오리, 염소 등의 동물들이 이 농장을 다녀갔다.

책에는 병들어 쓸모가 없어진 동물들에 대한 가혹하고 충격적인 행위들이 적나라하게 드러나 있다. 육우용으로 팔기 위해서는 소가 살아 있어야 하기 때문에 병들어 울부짖는 소를 안락사시키지 않고 방치시키거나, 아직 목숨이 끊어지지 않은 닭을 다른 죽은 닭들과 함께 묻어버리기도 한다. 번식용 암퇘지들은 한치의 틈도 허용되지 않는 임신용 상자에 갇혀 평균 일 년에 두 번씩 새끼만 낳다가 생산 능력이 떨어지면 도살장으로 보내진다. 도살장으로 보내지기 전에는 사료값을 아끼기 위해 사료 공급도 중단된다. 바다 건너편 나라에서만 일어나는 일이 아니라 지금 우리가 사는 이 땅에서도 이와 똑같은 일들이 일어나고 있다.

보통 닭들의 수명, 이십 년.

공장 축산으로 사육되는 닭의 수명은 삼십 일.

성장촉진제를 맞고 살이 오르는 속도를

깃털이 따라가지 못해 털이 듬성듬성,

암탉 두 마리가 A4 한 장 크기의 철창 안에서

떠날 수 있는 건 죽는 순간이란다.

새끼를 낳지 못하는 수퇘지는 육 개월이면

죽음으로 자리를 내줘야 하고,

수퇘지와 수소는 연하고 마블링 좋은 고기가 되기 위해

거세를 당한다.

1990년 대비 2010년 사육되는 한우는 6배 증가,

돼지는 36배, 닭은 89배 증가,

많이 먹기 위해

불가피한 항생제와 성장촉진제,

동종포식의 동물사료 이용.

그로 인한 조류인플루엔자나 구제역, 광우병 발생.

우리가 먹는 고기……

괜찮은 걸까?

Let it

be

•

비틀즈의 폴 매카트니가 2009년 벨기에 브뤼셀 유럽의회 의사당에서 기후변화 대응을 역설하면서 대안의 하나로 채식을 권장했다고 한다. 그 또한 채식주의자였고 지구온난화를 막기 위해 일주일에 단 하루라도 식탁에 육류 요리를 올리지 말자는 '미트-프리 먼데이(Meat-Free Monday)' 운동을 생각해냈다.

Let it be, Let it be (그냥 그대로 둬)
There will be an answer (거기에 답이 있어요)

그가 만든 노래, 〈렛 잇 비(Let it be)〉.
뭐든 그대로 두었으면 별탈이 없지 않았을까.
소는 소처럼 살게
돼지는 돼지처럼 살게
나무는 나무처럼 살게
사람은 사람처럼 살게.

Let it be.

•

나는 한다면 하는 편이다. 일을 할 때도 체중 감량 같은 목표가 정해지면 180도 돌변, 어떻게든 해내고 만다. 채식도 그랬다. 서서히, 조금씩 육류 섭취를 줄여나가는 게 아니라 그냥 단박에 끊었다. 그리고 바로 채식을 시작했다. 현미밥과 채소류의 밑반찬으로 하루 두 끼, 생식으로 한 끼. 다행히 고통스럽지는 않았다. 동물과 관련된 책이나 영상들을 많이 접해서 그런지 고기가 심하게 먹고 싶거나 하진 않았고 금단 현상 같은 것도 별로 없었다.

그러나 습관은 무섭지. 한번은 삼겹살 굽는 냄새에 나도 모르게 침이 고이긴 했으니. 꿀꺽, 침을 삼키고는 스스로 얼마나 놀랐는지 모른다. '이것 봐. 사람이나 동물이나 똑같지. 조건반사적으로 반응하는 건 개나 사람이나 같다니까.' 그러나 시간이 지날수록, 고기를 입에 대지 않은 날이 길어질수록 육식에 대한 욕구는 서서히 사라져갔다.

외식을 하지 않고 집에서 현미밥에 나물 등의 밑반찬과 육수를 따로 내지 않은 찌개를 끓여 먹는 생활을 한 지 삼 개월쯤 지났을까? 몸이 한결 가벼워지고, 편안해졌다고 좋아하기 무섭게 온몸에 두드러기가 올라오기 시작했다. 명현현상이었다. 양방에서는 과학적 근거가 없다고 일축하지만 한방에서는 질병을 치료할 때 자주 등장하는 말이다. 호전증상 중 하나인데 몸이 치유되는 과정에서 뜻하지 않게 전혀 다른 증세가 나타났다가 사라지는 것을 말한다고 한다.

그러니까 십 년 넘게 스트레스를 술과 고기로 풀어왔던 내 몸이 채식 위주의 식단을 유지하니 독소가 빠져나오면서 그것이 두드러기로 올라온 것, 이라고 나는 믿었다. 그래서 일부러 피부과에 가지 않았다. 치료를 받다가 채식을 중단할 수도 있기 때문이었다. 또 이미 채식을 먼저 한 사람들의 경험담을 통해 이렇게 일시적으로 의외의 반응이 나타날 수 있다는 것을 알고 있어 걱정을 덜하기도 했다. 예상보다 가라앉는 데 시간이 좀 더 걸렸지만 육 개월 정도 지나니 두드러기는 사라지고 건강한 몸만 남았다.

무엇보다 주량이 줄었다. 애주가에 주량도 꽤 되는 편이었는데 이제 한두 잔도 몸이 못마땅해한다. 체력이 떨어진 건 아닐까? 몸에 이상이 있는 건 아닐까? 나도 참. 몸에 두드러기 났을 땐 잘 견디다가 주량이 줄자 이런 걱정을 하다니. 어쨌든 아는 한의사에게 물었더니 돌아온 답은,

"아이들한테 술을 먹이면 어떨 것 같아요? 아마 소주 5분의 1잔만 마셔도 취할걸요? 같은 이치죠. 아이들은 아직 장기가 깨끗한 상태인데 알코올이 들어가면 반응이 즉각적으로 나타나는 거예요. 효리 씨도 마찬가지라고 보면 돼요. 몸이 예전보다 민감해져서 반응을 빨리 하는 거지 체력이 떨어져서 그런 건 아니에요."

안심, 또 안심. 맞는 말씀이다. 사실 주량이 준 것뿐만 아니라 여러 가지로 민감해졌다. 화장품도 알코올 같은 화학성분이 들어간 것을 쓰면 두드러기가 나서 천연 제품을 쓰고 있고 옷도 마찬가지라 될 수 있으면 순면 등의 천연 소재의 옷을 입으려고 한다.

대신 덜 예민하고 더 여유로워졌다. 예전에는 일어나지도 않은 괜한 일들을 걱정하느라 불면증에 시달렸는데 요즘은 정말 푹 잘 잔다. 전에는 신경이 쓰여서 메이크업을 받는 내내 두 눈을 시퍼렇게 뜨고 있었는데 요즘은 어린애 졸듯 꾸벅꾸벅 잘 존다. 잠이 많아지니까 자꾸 사람들이 어디 아프냐, 늙어서 기력이 떨어졌냐, 채식하더니 체력이 바닥났구나, 고기 좀 먹어라 하는데 나는 그저 삶이 편안해졌을 뿐이다.

일을 하면서도 많이 달라졌는데, 나는 A형에 완벽주의라 사람들을 긴장하게 하는 편이었다. 모든 일에 즉각적으로 평가를 받는 직업이다 보니 내가 하나하나 체크해야 마음이 놓였고, 생각한 대로 되어 있지 않으면 '불같이' 화를 내곤 했다. 그런데 채식을 한 이후로 많이 온화해졌다. 사나운 육식동물에서 온순한 초식동물로 거듭났다고나 할까? 현장에서 만난 매니저나 스타일리스트들은 "언니(누나)가 평생 채식을 했으면 좋겠어요"라고 말한다. 갑자기 육식동물로 변해 으르렁거릴까 봐 살짝 두려워하면서. 나 못지 않은 육식동물이었던 포토

그래퍼 홍장현 실장도 나의 이런 모습에, 본인도 변할 수 있다는 자신감으로 채식을 시작했다.

그러고 보니 내가 꽤 무서운 사람이었나? 어쨌든 나만 좋아진 게 아니라 주변 사람들의 변화를 보면 채식은 내 인생에 큰 선물이 됐다.

앞으로 나는 쭉 온화한 초식동물의 삶을 살아갈 생각이다. 더불어 사는 것에 대해 고민하면서 꾸준하게 말이다. 여러분도 생각이 있으면 지금 당장 실천에 옮겨보시길. 우리는 언제든 당신의 방문을 환영한다.

Welcome!

we love you

함께 배부른 세상

•

월드비전과의 인연으로 후원을 하게 된 뿌자를 비롯한 여러 아이들이 있다. 웃는 얼굴이 세상에서 제일 예쁜 아이들. 하지만 아이들은 내일의 희망을 생각하기 전에 당장 오늘의 삶을 걱정한다. 어느 한 곳에서는 먹을 게 흘러넘쳐 치우는 일이 골칫거리인데 어디에서는 주린 배를 움켜쥐고 살아야 하는, 이 모순된 세상에서 아이들이 살아가고 있다.

뿌자를 만나러 뭄바이에 갔을 때, 뭄바이에서 가장 큰 공립학교인 베라왈리 초등학교에 찾아가 아이들에게 점심을 대접했다. 아이들 중 반은 빈 도시락을 가져왔고, 반은 그마저 없어 맨손으로 학교에 왔다. 한끼 식사는 고사하고 도시락 통조차 없는 아이들. 친구의 도시락 뚜껑을 빌려 온 아이들에게 밥을 퍼주면서 가슴이 시렸다.

크나큰 꿈을 꾸는 게 아니다. 아이들에게 꿈과 희망을 주자는 이야기를 하는 게 아니다. 그냥, 그냥 때묻지 않은, 동그란 눈망울이 예쁜 아이들이 굶지만 않았으면, 적어도 우리가 그 정도는 나누는 사람들이면, 그랬으면 좋겠다. 사는 게 쉬운 일이 아니라는 걸 좀 더 빨리 알게 되더라도 최소한 배고픔만큼은 모르고 자라면 좋겠다. 그게 그렇게 큰 바람인 걸까?

"육류로 1파운드의 단백질을 얻으려면 가축에게 6~12배, 닭의 경우 20배의 식물성 단백질을 먹여야 합니다. 우리는 많은 고기를 먹기 위해 공장식 사육을 하고 있고 소와 돼지와 닭을 기하급수적으로 늘리는 데 힘을 쓰고 있습니다. 그렇게 육류로 사용될 가축을 키우기 위해 미국 곡물의 70%, 전세계 곡물의 30%가 가축 사료로 쓰입니다. 이 곡물이면 전세계 인구 20억 명을 먹여 살릴 수 있습니다."

– 잉그리드 뉴커크, 페타(PETA, People for the Ethical Treatment of Animals) 대표, 〈MBC 스페셜 – 고기랩소디〉 중에서

양껏 식사를 하고 기분 좋은 포만감으로 웃음을 짓던 아이들의 모습이 떠오른다. 우리가 육식을 조금만 줄이면, 아니 적어도 제대로 나고 자란 동물로 얻은 고기만 먹는다면 이 지구상의 배고픈 아이들이 줄어들지 않을까? 뿌자와 뿌자의 친구들이 하루 세 번, 늘 그런 웃음을 지을 수 있으면 좋겠다. 함께 배부른 세상이 된다면 좋겠다. 오늘도 나는 풀이 가득한 식사를 한다. 고기 한 점 없지만 신선한 제철 채소들로 이루어진 밥상. 말 그대로 풀(full) 만찬.

나를 시험에 들게
하지 마시길

•

"절대 아무에게도 말하지 않을게. 정말 맛있어. 딱 한 점만 먹어 봐."

"네 마음 다 알아. 이해해. 동물들? 불쌍하지. 그래도 먹고 싶은 거 먹으며 살아야지. 안 그래?"

먹고 싶은 걸 고통스럽게 참는 게 아니라 정말 별로 먹고 싶은 생각이 없다. 처음에야 조건반사적으로 침이 고이기도 했고, 가끔은 만두며 치킨과 맥주 생각이 나기도 하지만 정말 이쯤 오니 못 견딜 정도는 아니다. 아니라는데도 믿지 않는 건 내가 어쩔 수 있는 문제가 아닌데 이것 참. 결국에는 같은 이야기를 되풀이할 수밖에.

아아, 다시 한번 말씀 드리지만
저는 크게 힘들지 않습니다.
고기 먹지 않아도 정말 잘 먹고, 맛있게 먹고 있답니다.
진짜입니다.
그러니 저를 시험에 들게 하지 마시길.

그럼에도 불구하고, 어쩔 수 없을 때가 있다. 내가 하는 일은 어느 직업보다도 사람 만나는 일이 많다. 혼자 먹는 게 아니라 동료와, 스태

프들과 같이 먹는 일이 비일비재. 나 하나 때문에 다수를 힘들게 할 수는 없다. 누군가 매번 “전 채식주의라서 이건 먹고 저건 안 먹어요” 이러면, 나라도 싫겠다. 게다가 한국에는 채식주의자들을 위한 식당도 많지 않고, 또 고기 덩어리가 보이지 않아도 육수며 조미료며 눈에 보이지 않게 고기의 흔적이 배어 있는 요리도 많다. 그러니 적당히 타협해야 하는 순간이 온다. 대신 그 안에서 내가 먹을 수 있는 것들을 먹는다.

나는 사회인이고 연예인이고 채식주의자다. 그건 ‘여성이고 직장인이고 엄마이며 딸이다’라는 식과 다르지 않다. 한 사람이 가지고 있는 다양한 정체성. 그중 하나만 선택할 수 있는 게 아니고, 다른 사람들과 마찬가지로 나 역시 내가 가진 그것들이 서로 상충할 때가 있다. 공인이라 나에 대한 기대치가 좀 더 높고 까다롭다는 걸 안다. 하지만 결국 모두를 만족시킬 수는 없는 일이다. 그저 내가 할 수 있는 건 내가 할 수 있는 선에서 끊임없이 내 나름의 기준을 가지고 최선을 찾는 것뿐.

진짜
아름다움

•

아름다운 입술을 갖고 싶으면 친절한 말을 하라.

사랑스런 눈을 갖고 싶으면 사람들에게서 좋은 점을 보아라.

날씬한 몸매를 갖고 싶으면 너의 음식을 배고픈 사람과 나누라.

아름다운 머리카락을 갖고 싶으면 하루에 한 번 어린이가 손가락으로 너의 머리를 쓰다듬게 하라.

아름다운 자세를 갖고 싶으면 너 자신이 결코 혼자 걷고 있지 않음을 명심해서 걸어라.

사람들은 상처로부터 회복되어야 하며 낡은 것으로부터 새로워져야 하고, 병으로부터 회복되어야 하고, 무지함으로부터 교화되어야 하며, 고통으로부터 구원받고 또 구원받아야 한다.

결코 누구도 버려서는 안 된다.

기억하라, 만약 내가 도움을 주는 손이 필요하다면 너의 팔 끝에 있는 손을 이용하면 된다.

당신이 더 나이가 들면 손이 두 개라는 것을 발견하게 될 것이다.

한 손은 자신을 돕는 손이고 다른 한 손은 다른 사람을 돕는 손이다.

세기의 아이콘이라고 할 수 있는 오드리 햅번이 1992년 크리스마스에 자녀들에게 들려준 미국 작가 샘 레벤슨의 시다. 볼 때마다 느끼는 것이지만, 삶의 대부분을 얼굴만큼 아름다운 일들로 채운 그녀다운 마지막 크리스마스 메시지가 아닌가 싶다.

대중에게 보여지는 직업을 가지고 살면서 나는 감사하게도 스타일 아이콘이라는 이야기를 듣는다. 내가 입은 옷과 가방과 신발이 화제가 되고, 그 다음을 기대한다. 정말 감사한 일. 그래서 그동안 거기에 부응하기 위해 노력해왔다. 물론 앞으로도 그럴 테지만 형식만큼은 조금씩 바꿔나가려고 한다. 자연과 가까우면서도 멋있는 스타일, 나를 돋보이게 하면서도 다른 생명에게 해가 되지 않는 스타일로.

오드리 햅번이 생애 마지막 크리스마스에 읽어줬다는 이 시처럼 이제 나도 어렴풋하게 진짜 아름다움이 뭔지 알 것 같다. 아무리 고운 빛깔의 꽃이라도 한 송이는 아름답다기보다 처연하고 외롭다. 무리지어 있을 때 더 풍성하고 더 향기롭지 않은가.

나에서 우리로,

나만이 아닌 너와 함께,

사람, 동물, 자연 모두가 행복한 삶.

이 속에 진짜 아름다움이 있다.

명품이
뭔지

•

오래 전의 어느 날, 야외에서 열리는 뮤직페스티벌에 간 적이 있다. '샤넬' 백을 메고. 그날, 푸른 잔디와 흥겨운 음악과 부서질 듯한 태양 아래서 나는 그놈의 샤넬 백을 모시느라(?) 축제를 제대로 즐기지 못했다. 들고 있자니 너무 무거운데 바닥에 내려놓자니 음……. 그렇게 가방을 들고 종일 서 있다 어느 순간 부아가 확 치밀었다. 이까짓 가방이 뭐라고 이걸 들고 서서 내 어깨에 짐을 주고, 저 좋은 음악들을 그냥 흘려보내고 있다니!

바보 같았다. 한낱 물건에 매여서, 물건에 자유를 빼앗긴 내 모습이. 꼭 남들한테 보여주려고 산 명품 백은 아니지만, 또 생각해보면 그 이상도 이하도 아닌 것만 같았다. 그런 것을 왜 그렇게 고집했나 싶었다. 그걸 멘다고 내가 명품이 되는 것도 아닌데. 사람 마음이 휙 돌아서니 순식간이었다. 물론 마음먹으면 오래 질질 끌지 않는 내 스타일도 한몫 했겠지만. 그날 이후 난 좋아하는 빈티지 가죽 백 몇 개를 제외하고 가지고 있던 명품 백 대부분을 정리해서 동물보호단체 카라에 기부했다. 질이 좋은 가죽일수록 잔인함이 더하단 얘길 들었다.

명품 가죽 백 하나를 만들기 위해 어디에선가 죽어가는 생명들이 있음을 생각해본다. 그리고 그것 없이도 충분히 아름다울 수 있다는 얘길 하고 싶다.

에코백 VS
명품 가죽 백

•

에코백,

튼튼하고 날씬하다. 붙임성도 좋다.

어디에 두어도 크게 신경쓰이지 않는다.

비 오는 날 비 좀 맞아도 개의치 않는다.

속박하려 하지 않는다.

자유롭다.

명품 가죽 백,

튼튼하지만 무겁다. 낯을 많이 가린다.

어디에 두어도 나를 불안하게 한다.

내게 꼭 붙어 아무 데도 가지 못하게 한다.

그런데 좀 예쁘긴…… 아, 아니다…….ㅜㅜ

미안, 미안해
모피 동물들

•

댄스 가수이자 힙합 장르를 좋아하는 터라 크고 화려한 패션을 즐겼다. 꼭 그렇지 않더라도 퍼(Fur)는 스타일링에 필수 아이템 중 하나다. 간단한 차림에 모피 하나만 걸쳐도 전체적으로 스타일이 산다. 고급스러워지면서 폼이 난다. 나 역시 모피 아이템이 여럿 있었다. 그 시절에는 그저 어떤 종류의 모피인지에 관심을 두었을 뿐 그게 어떻게 만들어지는지 생각하지 않았다.

모피 동물에 대한 진실을 알게 된 건 SBS 〈동물농장〉의 모피 동물 실태에 대한 방송을 본 후였다. 옷장에 걸려 있는 옷은 화려하고 아름다웠으나 내가 목도한 그 광경은 전혀, 아름답지 않았다. 그 끔찍한 상황을 두 눈으로 확인하고 얼마나 무서웠던지 나는 그 자리에서 몸이 굳어버릴 것만 같았다. 그후 「숨」을 통해 좀 더 자세한 상황을 알게 됐는데 정말 잔인함 그 자체였다.

"모피를 통해 느껴지는 것은 아름다움이 아니라, 가죽이 벗겨진 채 죽어간 동물들의 시체 더미에서 풍기는 악취와 피비린내뿐이다. 모피는 아름답기는커녕 세상에서 가장 추악한 옷이다. (…) 모피 코트 한 벌을 만들기 위해, 여우는 11마리, 밍크는 45~200마리, 친칠라는 100마리가 평생 지옥 속에 살다가 잔인한 고문과도 같은 고통 속에 죽임을 당한다.

동물들은 좁은 철창(라면 상자 정도) 안에서 오도 가도 못하며 한여름의 태양과 폭풍우, 겨울의 칼바람을 견뎌야 한다. 추운 겨울에는 얼어붙은 금속 물그릇 때문에 혀가 찢기기 일쑤이다. 체온 조절을 할 수 없는 새끼들도 기상변화에 그대로 노출되어 많은 수가 새끼일 때 죽어간다. 털 성장촉진호르몬의 주입으로 시력이 저하되거나 관절에 이상이 생기기도 한다. 너구리는 동면을 할 수 없어 고통을 당하다가 포악해지고 결국은 미쳐버린다. 심지어는 지난해 모피를 빼앗기고 죽어간 동료의 사체가 먹이로 주어지기도 한다.

대다수 밍크는 목을 부러뜨려 죽이며, 신경 흥분제로 독살하기도 한다. 속칭 애완용이라 불리며 키워지는 작은 동물들은 작은 상자에 빼곡하게 넣어서 질식사시키기도 한다."

– 김영미 박사, 〈피비린내와 탐욕에 절은 사치품 모피 옷〉 중에서

기사를 읽자마자 나는 옷 방으로 가 모피를 찾아 꺼냈다. 한때는 밍크였던, 여우였던, 너구리였을. 화려함 너머로 가죽이 벗겨져 피투성이가 된 채로, 그러고도 숨이 남아 자신의 살 덩어리를 지켜봐야 하는 동물들이 보였다. 눈앞에 있는 모피들이 예뻐 보일래야 예뻐 보일 수가 없었다. 원래의 주인들에게 미안해서 난 또 그 자리에서 한참을 울

었다. 이게 꼭 필요한 건 아니었는데. 한참을 울다 고개를 드니 거울에 비친 내가 보였다. 손에 들린 모피 옷들은 허영 한가운데 있던 내 자신이었다. 미미와 삼식이가 가만히 다가와 나를 흘끗 보고는 꺼내둔 모피코트 위에 앉았다. 다시 눈물이 왈칵 쏟아졌다. 살아 있었다면 이 아이들처럼 눈을 반짝이면서 땅을 딛고 서 있을 텐데. 숨을 쉬고 별을 쬐며 살아 있을 테고, 나는 그 모습을 보며 더 행복해했을 텐데.

정신을 차리자마자 모피도 처분하기로 했다. 여러 가지 방법을 생각하다 바자회를 열었고, 모피를 팔아 생긴 돈은 동물보호단체에 기부했다. 그러면 이 미안한 마음이 조금 나아질까?

미국이나 유럽에서는 모피 판매율이 줄고 있지만 우리나라를 비롯한 아시아에서는 아직까지 판매율이 꾸준하다고 한다. 나는 모피 입는 사람들을 매도하거나 나쁜 사람으로 몰고 싶진 않다. 사람마다 생각과 가치관의 차이가 있음을 인정한다. 하지만 그것들이 어떻게 만들어진 줄 모르고 입는 사람들도 많을 것이라고 본다. 알면 나처럼 생각이 바뀌는 사람도 있지 않을까? 그런 기대로 모피 입은 친구를 만나면 레퍼토리처럼 이야기를 꺼낸다. 그러면 그만해라, 지겹다, 알았다, 너 잘났다 라며 손사래 치는 친구들도 있지만 어떤 친구들은 눈을 동그랗게 뜨고 진짜? 정말? 하고 되묻는다. 그런 친구들이 종종 나의 먹잇감(?)이 되곤 한다. ^^

시우동상

완벽하진 않지만 천천히 조금씩 내가 할 수 있는 일들을
해야겠다는 생각으로 시작한 일이다.

암묵적 동의를

하지 않겠습니다

•

하얀 눈밭 위로 새빨간 피가 여기저기 흩뿌려집니다.

사냥꾼이 예쁜 눈동자의 하프 물범의 머리를 망치로 내리칩니다.

우리가 그 아이로 만든 오메가 3를 먹는 것,

그 아이로 만든 모피코트를 입는 것,

그 모두

사냥꾼이 그 아이의 머리를 내리쳐도 된다고

암묵적으로 동의하는 것입니다.

•

모피 반대 선언을 한 후 가죽 옷을 입은 사진 때문에 호되게 욕을 먹은 적이 있다. 가죽도 잔인한 과정을 거치는 경우가 많으니 욕 먹는 것이 당연하다. 그때는 가지고 있던 것이니 버리기는 아깝고 해서 입은 거였는데 생각이 짧았다. 실수, 또 실수.

줄탁동시(啐啄同時)

병아리가 세상 밖으로 나오기 위해서는 단단한 껍질을 안에서 병아리가 쪼고(啐), 밖에서 어미 닭이 부리로 함께 쪼며 돕는 일(啄)이 동시에 이루어져야 한다는 말이란다. 나는 알 속의 병아리고 나를 지켜보는 사람들이 어미 닭과 같다는 생각이 들었다. 나는 한 곳에, 오래 머물렀기 때문에 서투르고 부족한 부분도 많다. 그러다 보니 실수도 하게 되고, 길을 잘못 들어서기도 한다. 나는 아직 덜 자란 병아리고 내 부리는 약하다. 열심히 연마하고 있고 껍질을 두드리고 있지만 혼자만의 힘으로 깨고 나가기엔 역부족이다. 오랜 시간이 걸릴지도 모른다. 하지만 사람들이 도와준다면 나는 좀 더 빨리 밖으로 나올 수 있지 않을까? 길을 덜 헤매지 않을까? 그래서 용기내어 부탁하련다.

압니다.

제가 미워서가 아니라

같은 생각이 반가운데 기대에 못 미치니 아쉽고

아끼는 마음에 실수할까 더 주시한다는 걸요.

감사하게 생각하고 있습니다.

여러분이 격려해주시고 응원해주시면

좀 더 잘 할 수 있을 것 같아요.

그러니 함께 두드려주세요.

워스트드레서가 된
패셔니스타

•

둘째 언니는 단순한 가족애가 아니라 정말 무대에 서는 화려한 모습의 '엔터테이너, 이효리'를 좋아한다. 그래서 언니 눈에 요즘의 내 모습은 좀 안타까운 모양이다.

"너 예전의 효리로 돌아갈 거지? 빨리 무대에서 화려한 모습을 보여줘."

마주치면 잊지 않고 나를 설득하는 언니. 맨 얼굴에 청바지와 면 티셔츠, 가방도 없이 조그만 비단 지갑 하나 달랑 들고 다니는 요즘의 나를 보면 언니는 한숨부터 나온다고. 언니 주변에 나를 통해 대리만족하던 친구들도 내 변화를 무척 슬퍼한다며 마음을 좀 돌려보란다. 물론 활동을 시작하면 달라지긴 하겠지만 일단 지금은 무리다. 순심이랑 산책도 가야 하고 그러자면 열심히 걸어야 하고. 그러니 자연스럽고 편한 복장을 선호한다.

물론 가수, MC, 어떤 이름으로든 무대 위에 오를 때에는 그에 걸맞은 모습으로 최선을 다할 것이다. 그건 내가 사랑하는 내 일이고 그만큼 내가 지켜야 할 직업적인 의지다. 무엇보다 내게 박수쳐주는 대중들에 대한 예의라고도 생각한다.

한편으로는 보여주고도 싶다. 채식을 하고 동물보호를 하면서도 얼마든지 멋지고 스타일리시할 수 있는지. 그러면 사람들이 내가 광고하는 옷을 입고 화장품을 사듯, 더 멋진 삶을 위해 유기동물을 입양하고 공장식 사육으로 유통되는 육류 소비를 줄일 수 있지 않을까? 그래서 요즘은 공식석상에 나갈 때 어떻게 하면 절제하면서 그 안에서 최대한 멋질 수 있는지 큰 고민인데 아, 이거 정말 어렵다.

언제였던가, 천희(배우 이천희) 결혼식이 있던 날도 같은 고민을 했다. 나름 차려 입는다고 잘 차려 입었는데 가방이 문제였다. 개인적으로 좋아해서 남겨둔 가죽 가방이 없는 건 아니지만 공식석상에서는 자제해야겠다고 마음먹은 터라 다른 가방을 찾아 들고 나갔다. 옷에 딱 어울리는 건 아니었는데 아니나 다를까, 다음 날 인터넷 포털과 케이블 방송에 '워스트 이효리'라는 이야기와 사진이 돌아다녔다. 내가 봐도 좀 아니었지만 그렇다고 또 기다렸다는 듯 한마음으로 '워스트'를 외쳐대다니.

직업상 스타일링에 가죽이나 모피를 사용하지 않기가 정말 어렵다. 워낙 화려한 걸 좋아하는 분야고 또 사랑받는 패션 아이템들 중에 가죽과 퍼 제품이 많으니까. 고민하다 생각한 게 인조 제품이다. 선진국에서는 이미 인조 가죽과 인조 퍼를 의식 있는 아이템으로 보는 반면 우리나라에서는 아직 가짜라는 인식이 더 세서 터부시하는 경향이 있다. 하지만 그것이 진짜 못지 않은 멋진 패션 아이템이 된다는 걸 꼭 이야기하고 싶다. 물론 사진 찍히면 그게 인조인지 진짜인지 구별이 잘 안 돼서 오해받을 소지가 있으니 그마저도 조심하고 있지만.

뫼비우스의

띠

•

생각해보면 모든 것은 하나로 연결되어 있다.

고기, 술, 인스턴트 식품, 담배, 소비, 사치가 돌고 돈다.

흡사 뫼비우스의 띠와 같다.

무엇부터 끊어야 할까?

제일 쉬운 것부터.

텔레비전을 끈다.

브라운관에 고정되어 있던 눈이,

시끌벅적한 소리에 집중하던 귀가,

마당 쓰는 빗자루 소리, 눈이 창밖에 쌓이는 모습,

내가 내어놓은 밥을 먹는 동네 길고양이들을 향한다.

지루할 틈이 없다.

집 안에서 소소한 즐거움을 알아간다.

흥청망청하지 않아도 재미있게 보낼 수 있는 방법을 알아가고 있다.

나쁜 것들은 한 방향으로 같이 흐르고
좋은 것들도 무리지어 같이 흐른다.
당신은 어느 쪽인가?

걱정하지 마시길.
언제든 약간의 의지만 있다면
방향은 얼마든지 바꿀 수 있다.

L·S·S
이구아나

인생지사 새옹지마

•

전에 살던 집에는 세 개의 방 중 제일 큰 방 두 개가 옷 방, 나머지 하나가 침실. 입지도 않는 옷들이 방 두 개를 차지하고 나는 제일 작은 방에 침대 하나를 놓고 잠만 자고 나갔다. 이사를 결정하고 집을 알아보는데 문득 쌓인 옷들이 다 거추장스러워졌다. 이걸 그대로 다 가져가면 이만한 옷 방이 또 필요하다는 이야기인데, 결국 또 내가 이것들에 끌려다니는 셈이로구나 싶었다. 그러기 싫었다. 이게 뭐라고. 결국 바자회를 열고 옷들을 정리했다. 한 번을 했는데도 처분할 게 또 나오고, 두 번을 해도, 세 번을 해도 마찬가지였다. 소비에 소비를 거듭해온 날들의 흔적. 결국 네 번의 바자회를 끝내고 나서야 얼추 정리가 됐다.

옷 정리도 됐겠다 짐도 가벼워지고 이사는 훨씬 수월했다. 순심이와 고양이들이 쉴 수 있는 공간이면 좋겠다 싶어 마당이 있는 집을 선택했다. 예전에는 하루에 대여섯 개의 스케줄을 소화하느라 집에 있을 시간도 없었고, 혹 여유가 생겨도 가만히 집에 있는 걸 못 견뎠는데 요즘은 집에 있는 게 참 좋다. 하루 종일 가만히 앉아 창밖에 떨어지는 나뭇잎만 봐도 좋고, 조용히 앉아 책을 읽고 있어도 좋고, 순심이랑 느긋하게 누워 낮잠을 즐기는 것도 좋다. 전에는 계절이 바뀌는지 멈췄는지 모르는 채 지나쳤는데 이제는 봄 여름 가을 겨울과 제대로 된 만남과 이별을 나누고 산다.

서른이 넘어 집에서 쉬고 있다. 채식 선언을 하고 모피 반대 선언을 한 후 들어오던 광고도 많이 끊겼다(라면, 피자, 치킨 등 음식 광고가 거의 불가능해졌다). 춤추며 노래하기에는 치명적이랄 수 있는 나이도 먹어가고 있다.

하지만 나는 지금 참 좋다.

인생지사 새옹지마

그 말을 실감한다. 한때 죽을 것 같았던 일들이 전화위복이 돼 다시 나를 살게 해주었고, 이제 혼자가 아니라 함께 행복해지고 있다. 그 방법을 알게 됐다. 같은 곳을 바라보고 같이 나누는 사람들과 함께 이렇게 두 발을 단단히 땅에 붙이고 서 있는 지금이 더 없이 즐겁다.

나는 지금에서야 진짜 아이콘이 되고 싶다.

앞으로 활동을 재개하면 또 화려한 모습으로 대중 앞에 서겠고

그런 모습으로 내 이름이 오르내리겠지만

그런 겉모습이 아니라 내가 살아가는 모습,

내 마음에 기반한

꽤 괜찮은 지표가 되고 싶어졌다.

지금의 삶이 행복하기 때문이다.

더 많은 사람들과 행복하고 싶기 때문이다.

사랑, 행동, 실천

복잡하고 어려운 말은 그만.

그저 나를, 너를, 우리 모두를,

서로를 잊지 말기로 해.

PART 5

잊지 말아요

Do you hear me

내 삶의 스승

•

사실은 두려워요. 이렇게 하는 게 맞는 것인지 모르겠어요.

"괜찮아요. 당신이 지금 할 수 있는 일을 하는 것이 중요해요."

사실은 무서워요. 계속해서 한 방향을 바라보며 살 수 있을지 걱정스러워요.

"걱정하지 말아요. 목표와 신념을 가지고 할 수 있는 범위에서 최선을 다하는 삶을 살아가세요. 그냥 그러면 돼요."

사람들의 시선에서 자유롭지 못한 삶을 살고 있는 나는 가끔 갑작스런 공포에 직면하곤 한다. 가지 않으면 안 될 것 같아 선택한 이 길을 되돌아 나오게 되는 건 아닌지, 그 길의 한가운데서 길을 잃는 것은 아닌지. 어느 날 갑자기 동물에 대한 애정이 사라지고, 모든 것이 부질없게 느껴지는 것은 아닌지. 그래서 지금 걷고 있는 이 길이 내 인생의 황무지가 되어버리는 것은 아닌지. 과연 흔들리지 않고 언제나 한 방향을 향해가며 살 수 있을 것인지. 한치 앞도 보이지 않는 미래가 걱정될 때면 제인 구달이 해준 이야기를 다시 떠올린다.

전세계를 다니며 강연을 하느라 본인의 개를 키울 수 없는 게 가장

안타깝다던 그. 평생 동물과 함께 하는 삶을 살아온 인생의 대선배는 이제 천천히 걸음마를 떼려는 까마득한 후배의 고민에 지금 할 수 있는 일을 하는 것이 가장 중요하다는 말로 용기를 주었다.

그는 환경을 위해 절대로 엘리베이터를 타지 않고, 동물과 환경에 대한 메시지를 하나라도 더 전달하기 위해 쇼핑에 시간을 쓰지 않으며, 누구도 가지 않은 길을 가고 있다. 일흔이 훌쩍 넘은 나이에도. 그를 보고, 그의 메시지를 곱씹으며 나는 오늘도 내 신념의 무게를 단단히 다진다.

> 인간이 품성을 지닌 유일한 동물이 아니라는 것,
> 합리적 사고와 문제 해결을 할 줄 아는 유일한 동물이 아니라는 것,
> 기쁨과 슬픔과 절망을 경험할 수 있는 유일한 동물이 아니라는 것,
> 육체적으로뿐만 아니라 심리적으로도 고통을 아는 유일한 동물이
> 아니라는 것을 받아들인다면 우리는 덜 오만해질 수 있다.
>
> – 제인 구달

내 인생의
롤모델

•

'이 사람이 내 롤모델이다!'

제인 버킨. 그녀를 만난 자리에서 나는 단박에, 눈곱만큼의 망설임 없이 결정해버렸다. 그녀는 생애 마지막 월드 투어를 위해 내한한 참이었고, 나는 새롭게 시작하는 프로그램에서 열기로 한 바자회에 그녀의 애장품을 받기로 해서 이루어진 만남이었다. 그녀를 만난 건 행운이었다. 단순히 프랑스의 전설적인 뮤지션이자 배우, 패션 아이콘이라서가 아니라 자신이 가진 영향력을 가지고 가치 있는 삶을 실천하고 있는 사람이기 때문이다.

그녀가 애장품으로 내놓은 것은 자신의 에르메스 시계였다. 원래 시간에 구애받는 것이 싫어 시계를 차지 않았는데 미팅 시간에 자꾸 늦는다는 주위의 성화에 처음 장만한 시계라고 했다. 그런 시계를 아무렇지도 않게 툭 풀러 가죽 끈 뒤쪽에 '마이 퍼스트 와치(My First Watch)'라고 쓰고는 미련 없이 기부했다. 에르메스 시계이고, 제인 버킨의 시계이다. 그것도 그녀의 생애 첫 시계라는 스토리가 담긴. 이걸 이렇게 그냥 받아도 될지 어쩔 줄 모르고 있는 내게 그녀가 말했다.

"물건은 나에게 아무런 가치가 없어요. 내게 가치 있는 것은 사랑하는 내 가족과 다른 사람과 함께 하는 나눔이에요."

나라면 아마, 그래, 소중한 물건 하나쯤 쿨 하게 주긴 했을 것이다. 하지만 분명, 그거 이베이(ebay)에 내놓으면 얼마 이상은 받을 거예요, 따위의 생색내는 말 한마디 잊지 않았을 텐데. 목이 다 늘어난 티셔츠와 십여 년의 세월을 견딘 스웨터를 멋스럽게 입은 그녀는 덧붙여 말했다.

"진정한 프렌치 시크는 화려한 오뜨 꾸띄르 의상이 아니죠. 자신에게 필요한 물건의 진정한 가치를 생각하고 오래도록 간직하는 거예요."

시대의 아이콘이었지만 지금은 또 다른 삶의 모습으로 사람들에게 감동을 주는 제인 버킨. 감동은 계획해서 만들어지는 것이 아니라 그 사람이 살아온 세월 속에서 자라난다는 걸 알게 해준 나의 멘토. 나도 정말 그렇게 멋지게 살고 싶다.

감사한
변화

•

"언니 저 이제 조금씩 줄이려고요. 모피 동물들에게 너무 미안해요."

– 어느 날 트위터로 날아온 려원이의 멘션

"이번에 한국에 들어가면 꼭 유기견 보호소 봉사활동에 참여하고 싶어요. 저도 꼭 데려가주세요."

– 모델 혜박의 메시지

"우리 브랜드 F/W 주력 디자인이 퍼였는데, 올해부턴 과감히 안 하기로 했어. 퍼 없이 더 스타일리시한 디자인을 연구해봐야지."

– 패션디자이너 요니 언니의 한마디

"효리야 달력 주문했다. 내가 할 수 있는 게 이것뿐이네."

– 전액 유기동물보호에 쓰이는 2012년 효리&순심 달력을
1000권이나 주문해준 길 오빠

"겨울에 퍼를 안 입으니까 입을 게 없을 정도더라. 싹 정리했어. 모직 코트도 멋지지 않아?"

– 스타일리스트 보윤 언니의 한마디

"효리야, 이거 네가 봉사 가는 어르신들 갖다 드려. 어떻게 해야 하는지도 모르겠고, 부탁한다."

– 영어 강사로 월급쟁이 생활을 하며 모은 돈 오십만 원을
몰래 놓고 간 친구의 메모

"효리야 다음에 보호소 봉사 갈 때 꼭 한번 같이 가고 싶어."

– 고소영 언니의 멘션

모두 정말 고마워.

생각해줘서 고마워.

돌아봐줘서 고마워.

마음 써줘서 고맙고,

함께 해줘서 정말 고마워.

험한 세상의
다리가 되어

•

제인 구달을 존경하고 스승이라 여기지만 어디까지나 정신적 멘토이자 인생의 스승일 뿐이다. 그처럼 인간과 동물의 아름다운 공존을 위해 연구하고 공부하는 학자가 될 수는 없다.

학자에게는 학자의 역할이 있고, 또 나에게는 연예인으로서의 역할이 있다고 생각한다. 오프라 윈프리가 학자는 아니지만, 그가 가진 영향력으로 수많은 동물과 사람을 살렸듯 나 또한 그동안 나의 일을 통해 얻은 이름 석자로 내가 할 수 있는 일들을 하고 싶다. 일종의 다리 역할. 이쪽에도 또 다른 세상이 있음을 알리는, 사람들이 좀 더 가까이 저쪽에서 이쪽으로 건너올 수 있도록.

영향력

•

온스타일에서 〈골든12〉라는 리얼리티 프로그램을 시작하게 됐다. 처음 제작진 쪽에서 이야기가 나왔던 건 패션이나 스타일과 관련된 프로그램이었는데 내가 다른 걸 제안했다. 진짜 내가 요즘 사는 얘기를 해보고 싶었기 때문이다. 내가 요즘 관심 있는 것, 내가 추구하는 삶, 가치들을 솔직하고 담백하게, 그리고 재미있게 보여주고 싶었다. 현실과 동떨어진 화려한 스타의 삶이 아니라 같이 숨쉬고 살아가는 한 사람으로서의 이효리를 말하고 싶었다. 방송에는 나와 비슷한 가치관을 가지고 함께 가고 있는 친구들도 등장하게 될 것이니 내 이야기이자 우리들의 이야기가 되겠지.

가장 트렌디한 채널에서 패셔니스타로 회자되는 내 이야기라면 그게 패션, 미용 이야기가 아니더라도 스타일리시하게, 트렌디하게 받아들여지지 않을까? 그래서 좀 더 쉽게, 부담 없이 같이할 마음이 생기지 않을까? 하는 기대가 없지 않았다. 누군가는 건방지다 할지 모르지만 나는 내가 영향력이 있는 연예인이라는 걸 알고 있다. 그리고 가능하면 그걸 좋은 방향으로 쓰고 싶다. 〈골든12〉는 그런 마음과 기대를 가지고 시작한 프로그램인데 어떻게 꾸려가게 될지 걱정 반 설렘 반이다. 하지만 혼자가 아니라 나와 같은 생각을 가지고 함께하는 친구들이 있어서 든든하다.

이번 바자회만 해도 요니 언니, 다해뿐만 아니라 가지고 있는 옷 한

꾸러미 잔뜩 챙겨 보내준 시연이, 당일에 집에 있는 소장품 챙겨 오겠다 했던 려원이, 아끼는 옷을 내어준 재형 오빠, 소지섭, 류승범, 공유 등 멋진 동료들, 사인 CD와 의상을 기부한 슬옹이랑 2AM, 미쓰에이, 빅뱅과 같은 후배들이 있었다. 덕분에 바자회는 성공리에 마쳤고 수익금은 전액 이웃에 전달됐다. 물건을 내놓은 사람도, 사 간 사람도, 수익금을 받게 되는 사람들도 기쁜 일이다. 좋은 일은 역시 함께 할 때에 그 효과도 행복도 배가 된다. 이런 역할을 주심에 감사하다.

손을 들고 목소리를 내면 나와 같은 생각을 가지고 있는
사람들은 돌아보게 될 것이다.
내 작은 소리에도 사람들이 귀 기울여주고 있음을 안다.
그리고 내 주위에는 나와 같이 영향력을 가진 사람들이 있다.
그게 얼마나 큰 힘인지도 잘 알고 있다.
감사하고 또 감사하다.
그래서 용기 내어 손을 들고
이야기해본다.

제가 요즘 진짜 좋거든요.
행복해지는 방법을 알게 된 것 같아요.
같이해요.
함께 행복해지자고요.

시작

•

이미지 메이킹 아냐?

진짜일까? 저러다 말겠지.

나를 보는 시선의 반은 그러리라 생각한다. 게다가 연예인이니 얼마나 날카롭게 지켜보고 있겠나. 그러나 중요한 건 나 또한 나 자신을 지켜보고 있다는 거다. 이것도 싫고 저것도 싫다고 어느 순간 갑자기 튕겨나가 버리지는 않을까 살피고 있다. 늘 이게 옳은 일인지 아닌지, 정말인지 아닌지 고민하고 있다. 다만 이거 하나는 믿는다. 매 순간 내가 옳다고 생각하는 길을 갈 거라는 것.

지금 선택한 이 길은 내가 하는 일들과 많은 부분 충돌한다. CF에 제약이 있듯이 앞으로는 더하겠지. 무대 위에 오를 때에도 마찬가지일 것이고. 처음부터 모르지 않았다. 알고 들어서긴 했지만 실제로는 처음 가보는 길이다. 그러니 꽤 넘어지기도 할 거고 흔들리기도 하겠지만 그걸 알고 있으니 쉽게 주저앉지는 않을 거다. 아니까 좀 더 스스로 경계하고 붙들고 일으켜 세우지 않을까? 넘어질 수 있다는 것, 흔들릴 수 있다는 것을 안다는 게 얼마나 다행인지. 어쩌면 시작은 거기에서부터가 아닐는지.

더
작아지려고 한다

•

트위터의 힘이란. 종종 트위터에다 이런 저런 생각들을 올리곤 하는데 나는 그게 정치적인 의도나 목적이 있어서가 아님에도 사안이 사안인지라 그렇게 비춰지곤 한다. 제주 강정의 해군 기지 건설을 위한 구럼비 폭파를 반대하고, 방송국 노조의 손을 들어주는 등의 발언은 그저 내 기준으로 옳다고 생각하는 바를 말한 것뿐이다. 나는 자연은 훼손되면 안 된다고 생각하고 가능하면 약자의 손을 들어주는 게 옳다고 생각한다. 하긴 가만히 생각해보니 어떤 사안이든 여러 입장과 관계가 얽혀 있고 그중에 어느 한쪽과 의견을 같이 하는 것, 의도했든 아니었든 어느 편에 서게 된다는 것, 그것이 이미 정치 행위라고도 할 수도 있겠다. 그저 자연과 동물, 약자의 편에 서서 다같이 행복하고자 하는 내 바람과 나름의 기준과 생각이 정치적이라 한다면, 어쩔 수 없는 일이다.

소속사로 하루가 멀다 하고 '그 입 다물라'라는 전화가 끊이지 않고, 온갖 악플들도 난무하지만 어쩌겠는가? 그렇다고 해서 그만둘 수는 없는 노릇인지라. 나는 그저, 정말 자연이 보존됐으면 좋겠고, 동물들과 더불어 행복했으면 좋겠고, 약한 사람들이 더불어 잘 살았으면 좋겠다. 음, 그런데 내가 바라는 게 그렇게 엄청나고 심각한 일인가?

나는 내 몸이 견딜 수 있을 만큼 일을 하고

가지고 있는 것들 조금씩 덜어내고

결국에는 동물들과 자연 안에서 소박하게 사는 것,

내 인생 최종 목표다.

잊지
마세요

•

순심이가 유명해져서 순심이의 전 주인이 불쑥 찾아와 "사실은 내가 이 아이의 엄마예요"라고 하는 것을 상상할 때가 있습니다. 책의 앞머리에서 밝힌 것처럼 처음 순심이를 데려왔을 때는 그렇게 해서라도 원래 주인을 만나게 해주면 참 좋겠다고 생각했는데, 지금은 상상만 해도 눈물이 왈칵 쏟아집니다. 그만큼 정이 들었고, 순심이가 없는 삶을 생각할 수 없게 되어버렸습니다.

한쪽 눈이 안 보이는, 길 잃은 강아지 순심이와 함께 살면서 더 많은 친구가 생겼고, 더 많은 할 일이 생겼고, 더 많은 꿈이 생겼습니다. 이렇게 순심이는 내 삶의 축복이 되었습니다.

유기견은 길 잃은 더러운 개가 아닙니다. 당신 삶을 송두리째 바꿔버릴 수도 있는 소중하고 아름다운 생명입니다.

행운을 기다리세요?
뜻밖의 선물을 바라신다구요?
그렇다면 여러분에게도 여러분의 순심이가 기다리고 있다는
사실을 잊지 마세요.

아름다운 푸른 별에 함께 살고 있는

모든 살아 있는 생명을 기억하세요.

가까이

1판 1쇄 2012년 5월 24일
1판 5쇄 2012년 7월 20일

지은이 이효리
펴낸이 김정순
책임편집 김수진
기획편집 이선희 이은정 오세은 한아름
구성 이재영
사진제공 김태은 이효리 이상순
본문그림 이효리
디자인 김진영
마케팅 김보미 임정진 전선경

펴낸곳 (주)북하우스 퍼블리셔스
출판등록 1997년 9월 23일 제406-2003-055호

주소 121-840 서울시 마포구 서교동 395-4 선진빌딩 6층
전자우편 editor@bookhouse.co.kr
홈페이지 www.bookhouse.co.kr
전화번호 02-3144-3123
팩스 02-3144-3121

ISBN 978-89-5605-594-7 03810

이 도서의 국립중앙도서관 출판도서목록(CIP)은 e-CIP 홈페이지(http://www.nl.go.kr/cip.php)에서 이용하실 수 있습니다.(CIP2012002294)